The Independent Bookworm

ÜBER DAS BUCH

Es war einmal in einer Welt, in der Magie und Technik mit unerwarteten Konsequenzen aufeinander treffen …

Der Moderator braucht nur eine gute Story. Der Teufel hingegen muss seine magischen Haare wiederhaben oder er und seine Großmutter verhungern. Aber ist eine Talkshow wirklich der richtige Ort, um Gerechtigkeit zu verlangen?

Was wäre, wenn die Gebrüder Grimm übersehen hätten, dass „Der Teufel mit den drei goldenen Haaren" wichtige Gründe für sein Handeln hatte?

ÜBER DIE AUTORIN

Katharina Gerlach hat seit ihrer Geburt den Kopf in den Wolken. Früher lebte sie mit drei jüngeren Brüdern mitten in einem Wald im Herzen der Lüneburger Heide. Tagelang verschwand sie in magischen Abenteuern, vergangenen Zeiten oder unheimlichen Märchenwäldern, denn auch junge Wilde lernen irgendwann Lesen.

Auf die Erde kehrte sie nie lange zurück. Eines Tages wurde ihr klar, dass sie schreiben muss, wenn ihr Traum, ihre Geschichten zu teilen, wahr werden sollte.

Katharina schreibt am liebsten Fantasy, Science Fiction und Historische Romane für alle Altersgruppen. Zurzeit arbeitet sie an ihrem nächsten Projekt in einem Häuschen nicht weit von Hildesheim, wo sie mit ihrem Mann, drei Kindern und einem Hund lebt.

Mehr Informationen: http://de.KatharinaGerlach.com

DIE TALKSHOW

DER TEUFEL MIT DEN DREI GOLDENEN HAAREN

SCHÄTZE NEU ERZÄHLT 11

Katharina Gerlach

Die Talkshow, Schätze Neu Erzählt 11
erschienen im Independent Bookworm Verlag, USA und D
Dieses Buch ist auch als eBook erhältlich. Es ist auf Deutsch und auf
Englisch erschienen.

© 2018 alle Rechte an der Geschichte liegen bei der Autorin
© 2018 cover design by Katharina Kolata, Independent Bookworm
© 2018 title background by Corona Zschusschen, www.sjusjun.com
© 2014 logo by colorgraphix, Guru.com
© 2014 ribbons on logo: Thomas Amby, Shutterstock
© 2018 paragraph divider microphone: Clker-Free-Vector-Images, Pixabay
© 2018 paragraph divider wolf paw: Elionas, Pixabay
Korrektorat: Juno Dean
printed On-Demand Publishing LLC, 100 Enterprise Way, Suite A200,
Scotts Valley, CA 95066, USA, www.createspace.com

ISBN-13 978-3-95681-116-6

Weitere Information finden Sie auf der Verlagswebsite:
http://www.IndependentBookworm.de

Für meine Familie. Ohne Euch hätte ich es nicht geschafft.

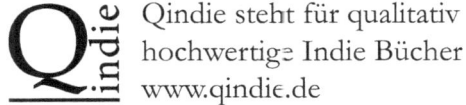 Qindie steht für qualitativ
hochwertige Indie Bücher
www.qindie.de

INHALTSVERZEICHNIS

DIE TALKSHOW

„Also sind Sie der Teufel?" Der Richter hob sein Doppelkinn, damit die Maskenbildnerin die Unterseite pudern konnte. Eine weiße Papierserviette bedeckte seine kräftig rote Robe, damit sie nicht beschmutzt werden konnte. Die Lichter, die rund um den Spiegel seines Schminktischs montiert waren, beleuchteten jede einzelne Pore seiner bleichen Haut.

„Einer von vielen", sagte Duvel. Sein haariges Gesicht brauchte kein Puder, aber die Maskenbildnerin kämmte die sorgfältig kultivierten Knoten und Dreadlocks aus seinem Bart und Haupthaar. Er warf einen kurzen Blick in den Spiegel seines eigenen Schminktischs und seufzte. Was man nicht alles im Namen der Gerechtigkeit auf sich nahm. „Mir sind sehr viele Geschwister zuteil geworden, obgleich die meisten von ihnen vor Kurzem vom Meister in die Hölle zurückbeordert wurden."

„Meine Güte, sprechen Sie aber altmodisch." Der Richter lachte in sich hinein. „Seid ihr da alle männlich?"

Bevor Duvel antworten konnte, knallte die Tür zu ihrer engen Garderobe auf und Herr Magoo, der beste Moderator des Königreichs, tänzelte herein. „Willkommen, willkommen, Jungs." Sein sonorer Bariton war viel zu laut für den vollgestellten Raum. Mit den beiden hell beleuchteten Spiegeltischen, ein paar Kleiderschränken und den Menschen befürchtete Duvel, dass der berühmte Mann jemandem auf die Füße treten würde, aber Herr Magoo schien unbesorgt.

„Es wird Zeit für den Rundgang im Backstage-Bereich und ich habe mich dazu entschieden, das heute selbst zu machen." Er strahlte Duvel an. „Immerhin haben wir heute Abend einen ganz besonderen Gast, nicht wahr, Herr Duvel?"

„Nur Duvel." Die Antwort kam automatisch. Inzwischen hatten schon viel zu viele Menschen darauf bestanden, ihn Herr zu nennen. „Ich bin ein Teufel, kein Mensch." Er stand auf und bemerkte das unwillkürliche Schaudern des Moderators beim Anblick seiner Beine. Da das Fersengelenk seiner gespaltenen Hufe in etwa auf der Höhe eines menschlichen Knies lag, schienen seine Beine nach hinten abgeknickt zu sein. Aus der Erfahrung der letzten Stunden wusste er, dass die meisten Menschen dies (im besten Fall) verstörend, wenn nicht gar ekelerregend fanden. Als ob die merkwürdig geraden Beine der Menschen etwas

Besseres wären. Er riss sich zusammen und lächelte den Moderator an.

„Ich verstehe immer noch nicht, warum wir das Gerichtsverfahren – wie nannten Sie es noch gleich – ausstrahlen müssen." Er trat einen Schritt vor, bis er direkt neben Herrn Magoo stand. „Alles, was ich will, ist mein Eigentum zurück, sowie eine angemessene Entschädigung für die Zerstörung meiner Arbeit."

„Dazu kommen wir noch, Herr Duvel." Der Moderator packte den verschlissenen Ärmel von Duvels bestem Mantel. „Zuerst müssen wir mal etwas Anständiges zum Anziehen für Sie finden. Immerhin kommt ein Fotograf der Daily News speziell zu diesem Gerichtsverfahren und seine Fotos werden zeitgleich mit dem Verfahren ausgestrahlt. Dafür haben wir extra die entsprechende Technologe entwickelt."

„Das interessiert mich nicht." Duvel tat sein Bestes, um den Mann nicht merken zu lassen, dass er keine Ahnung hatte, was ein Fotograf und Fotos waren. „Ehrlich. Alles, was ich will, ist meinen Fall zu schildern und den Dieb verurteilt zu sehen."

„Ja, ja." Der Moderator zog ihn aus dem Schminkraum, durch einen Flur, in ein anderes Zimmerchen, in dem sich lange Reihen aus Kleiderständern mit Männerkleidung befanden. In wenigen Minuten fand sich Duvel in einem grünen Frack und vernünftigen Kniebundhosen wieder. Er musste zugeben, dass er in diesem Outfit recht attraktiv wirkte. Vielleicht durfte er es nach dem Urteil behalten, aber irgendwie bezweifelte er das.

„Wissen Sie", sagte Herr Magoo mit einem Lächeln, das von einem Ohr zum anderen reichte. „Die Technologie ist noch recht neu, aber alle nutzen sie bereits. In diesem Königreich haben allein neunundneunzig Prozent aller Einwohner ihre eigene Kristallkugel. Es gibt drei Teams, die sich einen Wettkampf liefern, wer zuerst die richtige Mischung aus Magie und Technik findet, um auch bewegte Bilder auszustrahlen. Wir sind jedenfalls die Ersten, die Fotos ausstrahlen werden. Das ist Ihre Chance, wahrhaft berühmt zu werden."

Duvel konnte die Falschheit des Lächelns riechen wie Menschen Rosen. „Ich muss nicht berühmt werden."

„Aber selbstverständlich müssen Sie das! Sie sind der erste Teufel, der je interviewt wurde." Herr Magoo legte seinen Arm um Duvels breite Schultern. „Wir mögen zwar die Ausstrahlung bewegter Bildern noch nicht erreicht haben, aber Ihr Fall wird uns die Sponsoren für die letzten Aufwendungen dafür einbringen. Wir werden beide berühmt sein. Wir werden die ganze Welt bereisen!"

„Ich habe keinerlei Interesse daran, mehr von der Welt zu sehen, als den mir zugeteilten Bereich. Vielen Dank." Duvel schnaufte empört. Warum mussten Menschen so … so … unmöglich sein? Kein Wunder, dass der Meister ihre Seelen versklavte. Für einen Moment fragte er sich, ob er zurückgelassen worden war, weil er früher Menschen gemocht hatte. Denn um die Wahrheit zu sagen, konnten einige von ihnen recht liebenswert sein. Vielleicht hatte er nicht genügend

Seelen für den Meister beschafft und das war der Grund für seinen Ausstoß.

„Na gut", Herr Magoo lachte falsch. „Solange kein weiterer Teufel für ein Interview hierherkommt, bin ich damit zufrieden, alleine um die Welt zu reisen."

„Mit Ausnahme der wenigen, die der Meister als Notfallpersonal dagelassen hat, gibt es für keinen meiner Geschwister einen Weg zurück auf die Erde. Ihr mögt es noch nicht gemerkt haben, aber der Gefallene hat die Tore zur Hölle geschlossen."

„Warum hat er das gemacht? Ich dachte, er wolle alle Menschen versklaven." Herr Magoo legte den Kopf schief. Das erste Mal, seit sie sich getroffen hatten, entdeckte Duvel einen Funken echten Interesses in seinen Augen. „Wenn die Dāmonen und Teufel uns nicht länger quälen und verführen können, wie will er uns denn alle unterwerfen?"

„Dämonen hatten noch nie freien Zugang zu eurem Teil der Welt oder er wäre längst verwüstet", erklärte Duvel.

„Ja, gut. Aber was ist mit den Teufeln? Ich habe mehr als eine Geschichte darüber gehört, dass jemand seine Seele verkaufte." Die Hand von Herrn Magoo schloss sich um Duvels Arm. „Wenn keine neuen Verträge mehr geschlossen werden, kommen wohl alle Menschen in den Himmel."

„Auf keinen Fall." Duvel schüttelte vehement den Kopf. „Der Meister sagte, dass ihr euch mit all der Technik, die ihr im Moment erfindet, dermaßen in den Wahnsinn treiben werdet, dass Verträge gar nicht mehr nötig sein werden. Die meisten von euch werden so oder so in der Hölle enden." Er wollte noch mehr sagen, aber Herr Magoo schnaufte nur abfällig, was das Ende dieses Gedankenganges zu bedeuten schien.

Er zog den Teufel mehrere Flure entlang und durch die noch leere Aufnahmehalle, während er auf fluffige Bälle zeigte, die er Mikros nannte, obwohl sie ziemlich groß waren. Sie hingen von dicken Seilen und erinnerten Duvel an die Spinnen in seinem Zuhause. Warum war er nicht bei Großmutter geblieben? Wäre es wirklich so schlimm gewesen, für die nächsten ein, zwei Ewigkeiten denselben Fraß zu essen? Er erinnerte sich an Großmutters Stirnrunzeln, die fiesen Hörner und ihr ewiges Gekeife und sein Entschluss festigte sich. Wenn er sein Eigentum endlich zurück hatte, käme er wenigstens einmal am Tag von ihr weg.

„Und hier sind wir auf der Bühne. Der abgedunkelte Bereich, den Sie jetzt noch nicht sehen können, wird sich in wenigen Minuten mit Zuschauern füllen", erklärte Herr Magoo. „Wenden Sie sich niemals an diese Menschen und reagieren Sie absolut niemals, wenn sie klatschen oder rufen. Das gehört alles zur Show."

Duvel runzelte die Stirn. „Show? Ihr verspracht mir ein Gerichtsverfahren. Mit einem echten Richter. Und Ihr sagtet, der Dieb würde auch hier sein."

„Alles zu seiner Zeit." Der Moderator lächelte schon wieder, aber diesmal mit mehr Ehrlichkeit. „Richter Merrat war lange Jahre Vorsitzender des Königlichen

Hochgerichts. Er ging erst in den Ruhestand, als König Lordis gekrönt wurde und sich entschied, das Amt selbst zu übernehmen. All seine Urteile, ob ausgestrahlt oder nicht, sind legal bindend. Und um auf den angeblichen Schuldigen des Verbrechens einzugehen, er wird auftauchen, wenn die Zeit dafür reif ist." Er zeigte auf eine Bank mit je einer Balustrade aus Holz davor und dahinter. „Sie würden normalerweise dort sitzen." Er zeigte auf eine weitere Bank, die ebenfalls zwischen zwei Balustraden stand. „Und dort ist eigentlich der Platz des Angeklagten, außer wenn er in den Zeugenstand muss. Aber da wir ein paar ganz besondere Gäste erwarten, haben wir das Sofa da drüben aufgestellt. Dort werden alle neben mir Platz nehmen, wenn sie ihre Aussage gemacht haben. Nur der Richter wird auf dem Podest dort vorne sitzen." Er zeigte auf einen erhöht stehenden Tisch mit einem Sessel dahinter. Daneben stand ein Holzstuhl auf einem Podium, das etwas niedriger war als das des Richters, aber immer noch höher als der Rest des Saals. „Das ist der Stuhl für die Zeugen. Schließlich kann Richter Merrat niemanden ohne ausreichende Beweise und Zeugenaussagen verurteilen."

Die Notwendigkeit, seine Worte beweisen zu müssen, war noch so ein Konzept, das Duvel nur schwer verstand. War sein Wort nicht gut genug? Als die Höllentore noch geöffnet waren und er seine Geschwister besuchen konnte, hatte man ihm stets geglaubt, egal wie sehr er aufgeschnitten hatte. *Natürlich habe ich nie einen der Großen herausgefordert,* musste er sich selbst eingestehen. *Vielleicht wäre es dann anders gewesen.* Er zwang sich zu einem Lächeln. „Ich verstehe. Werde ich meine Geschichte auch auf jenem Stuhl preisgeben dürfen?"

„Aber selbstverständlich." Herr Magoo grinste, als müsse er Zahnpasta verkaufen. „Wir beginnen die ganze Sho... das Verfahren mit Ihrer Aussage."

„Worauf warten wir dann noch?" Duvel ging zu dem erhöht stehenden Stuhl, setzte sich hin und schob die Beine darunter. Dann schloss er die Augen und fragte sich, ob das wirklich eine so gute Idee gewesen war.

„Herr Duvel, wenn Sie uns nun bitte Ihre Geschichte erzählen könnten?" Herr Magoo winkte und eines der fluffigen Spinnendinger wurde von unsichtbaren Händen über Duvels Kopf manövriert. „Ich bin mir sicher, unsere Zuhörer sind genauso gespannt wie Richter Merrat, Ihre Version der Wahrheit kennenzulernen."

Duvel verkniff sich ein genervtes Stöhnen. Als ob es verschiedene Versionen gäbe. Wahrheit war Wahrheit, oder nicht? Er nickte dem Richter zu – der in seiner roten Robe und der weißen Perücke alles andere als interessiert wirkte – und begann mit seiner Geschichte.

„Seit der Meister die Höllentore schloss, mussten Großmutter und ich alles selbst beschaffen. Für einen Teufel ist das nicht leicht, versichere ich euch. Die meisten Menschen weigern sich, mit uns zu handeln, und so wurde es zunehmend schwieriger, für Großmutter zu sorgen." Das schien ihm wahr genug, um die Qualen in Worte zu fassen, die er litt, wann immer er Großmutters schleimigen Brei essen musste. „Um unsere Situation zu verbessern, wandte ich mich einigen neuen Projekten zu. Ich brauchte nahezu zwei Monate, um zwei winzige Zauber vorzubereiten, und eine weitere Woche, mein Aussehen dem eines Menschen anzupassen." Die Welt um ihn herum verschwamm und seine Erinnerungen verdrängten den übermäßig hellen Saal. Alles, was er sah, war der Rotweinbrunnen und seine trostlose Umgebung.

Nicht ein Härchen Moos wuchs auf den Steinen oder auf dem Förderrohr, das in die nahe Stadt führte. Doch das war kein Wunder bei den Mengen Alkohol, die die drei Quellen in den kleinen Rotweinsee entließen. Ein einziger Wächter lehnte schläfrig gegen einen toten Baum, der sich störrisch an den Sandboden klammerte. Der scharfe Wind wirbelte die Körner in einem Strudel herum.

Duvel war dankbar für seinen warmen Mantel, denn der menschliche Körper, den er sich zugelegt hatte, litt unter dem Wetter. Vorsichtig kroch Duvel so dicht an die Todeszone, wie er sich traute, und benutzte dabei den Saum des Mantels, um seine Spuren zu verwischen. Dabei gab er sich große Mühe, sich vor dem Wächter zu verstecken. Es wäre keine gute Idee, entdeckt zu werden. Unter seinem langen Mantel trug er nichts als eine Bauchtasche.

Seine Kehle war wie ausgetrocknet und sein Magen knurrte. Wenn der Plan fehlschlug, würde er entweder verdursten oder verhungern. Auf keinen Fall würde er je wieder das stinkende, schweflige Wasser aus dem Brunnen daheim trinken oder Großmutters Ekelbrei essen und der Gedanke daran, Blut trinken zu müssen, drehte ihm den Magen um.

Er hatte nie verstanden, warum Großmutter das rote Zeug so liebte, ganz gleich wie lange er darüber nachdachte. Er hatte genug Kuhblut genossen, dass es mindestens für ein Menschenleben reichte, wenn nicht gar mehrere. Und das war mit ein Grund, warum er die Weinquelle in den letzten Wochen ausgekundschaftet hatte. Er kannte die Bewegungsmuster der Wächter in- und auswendig. So wartete er geduldig darauf, dass sich der Mann bewegte.

Schließlich gähnte der Wächter und machte sich auf den Weg, eine Runde an den Büschen und Bäumen entlangzugehen, die das vergilbte Gras und die tote Erde um den kleinen See umgaben. Da die Wächter in den vergangenen Wochen jeweils dreimal täglich für eine halbe Stunde patrouillierten, war dies für Duvel wenig überraschend.

Nachdem er sich vergewissert hatte, dass seine Tasche fest um seinen ungewohnt haarlosen Bauch geschnürt war, huschte er zu dem kleinen See, versteckte seinen Mantel unter einem Stein, glitt in die rote Flüssigkeit und tauchte unter.

Sofort verdunkelte sich das Licht. Die Kröte in seiner Tasche zappelte. Er tätschelte sie und dachte: *Nur noch ein paar Minuten, meine Schöne.*

Mit angehaltenem Atem schwamm er bis zum Grund des Sees. Obwohl er die Augen geschlossen hielt, reizte die Flüssigkeit seine Wangen, stach ihm in der Nase und drohte, ihm in den Mund zu laufen. *Bitte, oh Gefallener, lass das funktionieren und hilf mir, unentdeckt zu bleiben.* Er wusste, dass es vermutlich langsam Zeit wurde, Gebete nach oben zu richten, jetzt wo die Höllentore verschlossen waren. Aber alte Angewohnheiten abzulegen war hart.

Sein Magen grummelte erneut, als er den Grund nach der größten Quelle abtastete. Er erkannte sie an der Druckveränderung an seinen Fingern. Langsam zog er die gut vorbereitete Kröte aus seiner Tasche und schob sie in den Schlamm am Boden des Teichs. Sofort grub sich das Tierchen tiefer in die Quelle. Duvel hielt seine Hand darüber, bis die Bewegungen des Erdreichs aufhörten. Dann sprach er ein einziges Wort und verschluckte dabei einen Schwall der roten Flüssigkeit. Warum musste das so schwierig sein? Na, wenigstens schmeckte der Wein. Er öffnete kurz ein Auge, um zu sehen, ob sein Zauber geklappt hatte. Wie zur Belohnung leuchtete die Kröte schwach rot. Leider trieb ihm das Brennen des Alkohols die Tränen in die Augen.

Weinend, aber zufrieden schwamm er zurück zur Oberfläche. Hoffentlich war der Wächter noch nicht zurück. Er hatte keine Lust, sich bis zur nächsten Schicht im Alkohol verstecken zu müssen. Ohne sein Fell würde ihm sicher schnell kalt.

Zum Glück konnte er aus dem See steigen, ohne gesehen zu werden. Er trocknete sich mit seinem Mantel ab und benutzte ihn erneut dazu, seine Spuren im Sand zu verwischen. Mit der sinkenden Sonne hinter sich war das nicht wirklich nötig, aber er ging lieber auf Nummer sicher.

Er zitterte im kalten Wind, als er sich unter einem Busch versteckte, um den Wächter vorbeizulassen. Mit klappernden Zähnen eilte er zu dem Ort zurück, an dem er sein Seidenhemd und die passende Hose sowie einen Beutel Proviant gelassen hatte. Doch selbst mit der Kleidung fiel es ihm schwer, wieder warm zu werden.

Nur noch einen weiteren Stopp, dachte er, *und dann wärme ich mich an einem unserer Feuer auf.* Feuer war die einzige Annehmlichkeit, von der sein Zuhause mehr als genug hatte. *Und dann muss ich hoffentlich nie wieder Großmutters Brei essen.* Er stapfte los zur nächsten Stadt und wünschte sich, er könne ein Pferd reiten. Aber da seine Magie durch das Schließen der Höllentore zu einem Tröpfeln geschrumpft war, konnte er es sich nicht leisten, sie für die Beschaffung eines Transportmittels zu verschwenden. Dummerweise kamen echte Tiere nicht mit ihm aus. Sogar die Ratte, die er als Haustier hatte halten wollen, war so schnell es ging ausgerissen.

Er brauchte für die Strecke beinahe fünf Stunden. Wenigstens wurde ihm in der Zeit wieder warm. Wie hielten Menschen das nur aus? Die Krämpfe in seinem Magen zwangen ihn schließlich dazu, eine Pause zu machen und ein wenig von dem Brei zu essen, den ihm seine Großmutter eingepackt hatte. Er hinterließ einen sauren Geschmack in seinem Mund, so als wäre er bereits einmal gegessen und wieder hochgewürgt worden. Wie er seine Großmutter kannte, war es genau das, was sie ihm mitgegeben hatte.

Da es nicht gut war, an seinem nächsten Ziel zu früh aufzutauchen, schloss er die Augen, wartete auf den Morgen und träumte vom Essen … Essen für Menschen. Erst als der heller werdende Himmel die Sonne ankündigte, machte er sich wieder auf den Weg.

Der Geruch von verfaulendem Obst kündigte an, dass er sich dem Ziel seiner Reise näherte. Er sah sich um. Der Obstgarten, der sein Ziel war, war zwar noch ein gutes Stück entfernt, aber es stank hier schon erbärmlich. Der süß-saure Geruch schmerzte ihm in der Nase, je näher er kam. Er wusste, dass hier zwei Soldaten auf den Garten aufpassten und dass sie niemals patrouillierten. Mit einem kleinen Handspiegel vergewisserte er sich noch einmal, dass sein Gesicht und Körper menschlich aussahen. Alles in Ordnung. Also zog er ein Taschentuch aus der Hose und hielt es sich unter die Nase, wie es ein adeliger Mensch tun würde. Er vertraute darauf, dass seine Kleidung und

Manieren gut genug waren, um das Bild abzurunden. Dann trat er auf den Eingang des Gartens zu.

„Du meine Güte, sollte das nicht ein wundervoller Ort sein, mit all den Apfelbäumen und der Wiese darunter?", sagte er zur Begrüßung und verströmte dabei einen stetigen Strom von Einschlafmagie. „Warum schmerzt es mich dann derart in der Nase?"

„Nur keine Sorge, mein Herr." Der jüngere der beiden Wächter verbeugte sich. „Die Grabmänner werden heute Abend ein Loch für die Früchte buddeln. Sind sie erst einmal mit Erde abgedeckt, wird der Gestank verschwinden."

„Ist das so?" Duvel freute sich, dass der ältere der Wächter gähnte. „Doch warum werden die Äpfel, Kirschen, Pflaumen und Birnen nicht geerntet und verwertet? Ich persönlich liebe einen guten Apfel-Kirsch-Kuchen oder eine Nachspeise aus Birnen und Pflaumen. Mir scheint dies eine grobe Verschwendung zu sein."

Beide Wächter lachten.

„Seid Ihr zu Besuch hier, mein Herr?" Der ältere Wächter gähnte erneut. „Jeder Bürger weiß, dass es viel leichter ist, sich das fertig zubereitete Essen zu kaufen."

„Oh", Duvel tat so, als wäre er überrascht, und verstärkte den Schlafzauber. „Gibt es in dieser Stadt denn keine Armen? Mein Freund erwähnte dies nicht."

„Es gibt in der ganzen Stadt niemanden, der hungern muss", sagte der jüngere Wächter und unterdrückte ein Gähnen.

„Unglaublich. Was für ein Wunder." Zufrieden bemerkte Duvel, wie der ältere Wächter etwas in sich zusammensackte. Der Mann schnarchte im Stehen, auf seine Hellebarde gestützt. Die Augenbrauen des Jüngeren hoben sich und er drehte sich zu seinem Kollegen um, als wolle er ihn schütteln. Doch bevor seine Hand die Schulter des anderen Mannes berühren konnte, schlief er ebenfalls.

Duvel wusste, dass er nicht viel Zeit hatte. Und Magie hatte er auch nicht mehr viel übrig. Also eilte er zu einem der Bäume. Es war ihm gleich, ob es ein Apfelbaum oder ein Birnbaum oder ein Pflaumenbaum war – mit all den Früchten am Boden konnte er den Unterschied sowieso nicht erkennen – und er zog eine kleine, graue Maus aus seiner Bauchtasche. Er streichelte den winzigen Kopf. Mäuse wurden von den Menschen wirklich missachtet. Mit einem Seufzer entließ er die kleine Gestalt ins Gras unter dem Baum und sah zu, wie sie sich in den Boden grub.

„Es wird Zeit nachzusehen, ob die Zauber ihren Dienst tun", sagte er zu sich selbst. Mit einem letzten Blick auf die schlafenden Wächter eilte er davon, dem Fluss entgegen, nach Hause.

Er war kaum durch die Hintertür getreten, als ihn schon das Gezeter seiner Großmutter empfing.

„Was zur Hölle hast du jetzt wieder gemacht, du idiotischer Enkel?" Sie kam mit der Bratpfanne in der Hand angerannt wie ein Wirbelwind aus fettigen Röcken und langen Hörnern, die zwischen ehemals gelbem Haar hervorlugten. Obwohl sie zwei Köpfe kürzer als breit war, duckte er sich. Aus ewig langer Erfahrung wusste er, dass es eine Flucht nur schlimmer machen und die Strafe verdoppeln würde. Also ertrug er das Geschepper auf seinem Kopf – zum Glück hatten Teufel einen dicken Schädel – und fragte: „Stimmt etwas nicht, Großmutter?"

„Dieser scheiß Wein überflutet meine Küche!" Großmutter ließ die Pfanne erneut auf seinen Kopf knallen.

Ein Lächeln breitete sich über Duvels Gesicht aus.

„Es funktioniert!" Er ignorierte Großmutters Schläge und die nicht enden wollenden Beschwerden und eilte in die Küche zu dem krötenförmigen Hahn, den er vor einigen Tagen eingebaut hatte. Ein steter Strom Rotwein floss aus dem Maul der Kröte. Er war viel stärker als er erwartet hatte. Die Schale unter dem Hahn war viel zu klein für den ganzen Wein. So schnell er konnte, holte er ein Fass und ersetzte die Schale. In dem Moment hörte seine Großmutter auf, ihn zu schlagen, aber ihre Beschimpfungen hielten an.

Er nutzte die Zeit, die das Fass zum Vollwerden brauchte, um ein Rohr zu beschaffen. Damit würde er den Überlauf auffangen und in die tiefe Höhle leiten, die weder er noch seine Großmutter je betraten. Endlich gingen ihr die Worte aus.

Plop!

Ein gelb leuchtender Apfel erschien auf dem Regalbrett neben dem Weinhahn. Duvel gab aus Schreck und Freude ein kurzes Quietschen von sich. Endlich! Kein Brei mehr … nie wieder! Der zweite Zauber hatte auch gewirkt. Jetzt hatte er Wein und Äpfel, um Großmutters Fraß zu ersetzen. Er schnappte sich einen Apfel, öffnete den Mund und biss mit Kraft zu. Im selben Moment entdeckte er die Panik auf dem Gesicht seiner Großmutter. Keine Sekunde später schoss ein furchtbarer Schmerz von seinem Kiefer zu den Zehen. Sein ganzer Körper vibrierte vor Schmerz. Trotz seines Geheuls hörte er Großmutters Worte.

„Dummkopf, ich hab dir doch gesagt, dass man goldene Äpfel nicht essen kann." Sie zog seinen Kopf nach unten zu sich und streichelte seine dunklen Haare. Dabei spielte sie wie immer mit den drei goldenen Haaren auf seiner Stirn. „Mein armer Junge. Tut es sehr weh?"

Duvel nickte. Er konnte nicht denken oder überlegen, was wohl mit seinem zweiten Zauber schiefgelaufen war. Erst als der Schmerz endlich nachließ, wurde ihm klar, dass er die Maus an den falschen Baum gesetzt haben musste. Immerhin hieß es, der berühmteste Baum in dem Obstgarten der Stadt würde goldene Früchte tragen.

„Ich war sehr unzufrieden, besonders da mir das Wissen fehlte, das Gold zu schmelzen und Münzen zu prägen. Da half auch die Lava nicht, die durch mein Heim fließt. Oh, wie ich mich danach sehnte, etwas Obst zu kaufen … und Fleisch … und all die anderen Dinge, die ich gerne esse. Na ja, wenigstens hatte ich den Wein." Duvel sah zum Moderator. „Und dann kam dieser Dieb daher und zerstörte alles, wofür ich so hart gearbeitet hatte. Und er stahl meine …"

„Ja, dazu kommen wir in wenigen Minuten", sagte der Moderator. „Lassen Sie uns noch einmal kurz die Geschichte betrachten, die Sie uns erzählt haben. Sie beklagen sich also über einen Dieb, obwohl sie selbst zugeben, dass sie den Wein und die Äpfel gestohlen haben. Messen Sie da nicht mit zweierlei Maß?"

Gekränkt setzte sich Duvel aufrecht hin. „Ich war am Verhungern. Und ich nahm nicht mehr, als ich brauchte. Dieser Mann aber zerstörte leichtfertig die Arbeit mehrerer Wochen und er stahl auch meine …"

„Wissen wir, wissen wir. Alles zu seiner Zeit." Der Moderator streckte die Hand aus, als wolle er sie trotz der Entfernung zwischen ihnen zur Beruhigung auf seinen Arm legen. „Lassen Sie uns zuerst einmal sehen, wer jeder Mann ist, den Sie als Dieb bezeichnen. Erzähler bitte …"

Während ein Diener Duvel zu der gepolsterten Bank mit dem Moderator führte, betrat eine kurvenreiche, junge Frau mit einem Stapel Bilder den Saal. Sie hielt das erste in die Höhe und eine tiefe, warme Stimme füllte den Saal.

„Bald nachdem Johann Wilhelm Findelkind geboren worden war, entschied seine biologische Mutter ihn loszuwerden."

Der Säugling in dem Weidenkörbchen schaukelte auf dem Fluss, der es mit sich trug. Obwohl es immer feuchter wurde, je länger die Reise dauerte, kicherte es und platschte mit den kleinen Händen im steigenden Wasser. Die Strömung nahm zu und das Weidenkörbchen wurde in einen Kanal gerissen, der kaum breiter war als das Körbchen. Die Fließgeschwindigkeit des Wassers erhöhte sich erneut.

Wusch, wusch, wusch …

Das Geräusch des Mühlrads übertönte die Geräusche des Säuglings.

„Um Gottes willen!" Die Frau des Müllers, die im Garten Unkraut jätete, bemerkte den Korb mit etwas Lebendem, das sie für Kätzchen hielt. Sie ließ alles stehen und liegen und rannte zu dem Kanal, der das Wasser zum Mühlrad brachte. Sie war so darauf konzentriert, das Körbchen zu greifen, dass sie ausrutschte und mit einem Fuß in den Kanal trat. Aber ihre Finger schlossen sich um den Griff des Korbs.

Als sie den Säugling darin sah, fiel ihr der Unterkiefer herunter. Ihre Knie gaben nach und mit lautem Platschen setzte sie sich. Völlig benommen starrte sie auf das immer noch kichernde Kind und merkte gar nicht, dass ihr großzügiges Hinterteil das Wasser daran hinderte weiterzufließen. Es stieg immer höher, bis es über den Rand des Kanals in ihren geliebten Garten lief.

Ohne Wasser blieb das Mühlrad stehen. Die Frau untersuchte gerade den Säugling, als der Müller kam, um das Problem zu begutachten.

„Liebste, was ist passiert?" Er half seiner Frau aus dem Kanal. Wortlos zeigte sie ihm den eingeweichten Säugling und er wurde blass. „Du meine Güte. Es wird sich erkälten. Lass es uns ins Haus bringen."

In der Küche schürte der Müller das Feuer im Herd, während seine Frau den Säugling auszog. Es war ein Junge. Trotz des eiskalten Wassers war er rosig und strampelte glücklich mit den Füßen. Um den Hals trug er einen kleinen Lederbeutel an einer Schnur. Die Frau des Müllers öffnete ihn und zog ein getrocknetes, beinahe durchsichtiges Stück Haut hervor. „Mein lieber Mann", sie drehte sich zu ihm um, ein breites Lächeln im Gesicht, und hielt die Haut hoch. „Er muss mit einer Glückshaut geboren worden sein. Lass ihn uns behalten."

„Also wuchs der Junge beim Müller und seiner Frau auf. Sie nannten ihn Johann Wilhelm Findelkind, aber seine Freunde sagten Hans. Heißen wir ihn willkommen, Hans Findelkind."

Die Zuschauer jubelten und klatschten enthusiastisch in die Hände. Duvel zuckte bei dem Lärm zusammen und knirschte mit den Zähnen, als ein junger Mann, kaum älter als achtzehn Lenze, zuversichtlich herein geschlendert kam. Er trug lange Hosen und ein feines Seidenhemd. Sein Schultermantel bestand aus teurem Pelz, wodurch er zeigte, wie reich er war. Sein breites Grinsen verärgerte Duvel ohne Ende. Wenn sie nur bei ihm daheim wären. Dann hätte Großmutter endlich mal wieder ihre Lieblingsspeise.

„Es ist überraschend nett, hier zu sein." Der junge Mann setzte sich auf die andere Seite des Moderators. „Nun, was kann ich für euch tun?"

„Gib mir zurück, was mein ist." Duvel knurrte, aber der fröhliche Kommentar des Moderators übertönte seine Forderung.

„Unser Lieblingsteufel, Herr Duvel hier, beklagt, dass Sie seine Arbeit zerstört hätten." Er lächelte sein falsches Lächeln. „Was sagen Sie dazu?"

„Na ja, der alte Hornschädel hat zum Teil recht, aber nicht ganz." Der junge Mann strahlte den Moderator an. „Immerhin hat er mir selbst verraten, wie man die Zauber löst."

„Nur durch Verrat!" brauste Duvel auf, aber der Moderator ignorierte seinen Ausbruch.

„Bitte nehmen Sie im Zeugenstand Platz und erzählen Sie uns alles darüber." Er füllte ein Glas mit Wasser für Hans und wartete, bis sich der junge Mann auf den Holzstuhl gesetzt hatte.

Hans erzählte. „Mein Schwiegervater schickte mich mit einer Aufgabe zum Teufel. Zuerst ging ich frohgemut meines Weges, immerhin lebt der Teufel nicht gerade nebenan. Schließlich kam ich zu einer Stadt."

Pfeifend näherte sich Hans der Stadt und wunderte sich über die vielen schwarzen Fahnen, die aus den Fenstern hingen. Vielleicht war jemand gestorben. Er entschied sich, seine Fröhlichkeit lieber für sich zu behalten und hörte mit dem Pfeifen auf. Es war sicher keine gute Idee, jemanden zu verärgern, den er nach dem Weg fragen musste.

„Hey, Jungs. Was ist passiert?", begrüßte er am Stadttor zwei unglücklich wirkende, junge Männer in der Uniform der Stadtwache. „Ihr seht aus, als hättet ihr einen Frosch verschluckt."

Sofort begannen beide Männer zu weinen. Einer von ihnen sagte: „Wir hatten eine Quelle, die uns mit Wein versorgte."

„Rotwein", fügte der andere hinzu. „Richtig guten Rotwein."

„Genug für die ganze Stadt. Genug, um ihn zu verkaufen oder gegen Güter einzutauschen, die wir brauchen."

„Ja und?" Hans zog eine Augenbraue in die Höhe. Ihm war nicht klar, warum der Besitz einer solchen Quelle so viel Trauer verursachte.

„Sie ist ausgetrocknet!" Beide Männer begannen zu weinen.

„Zuerst fiel der Weinspiegel nur wenig, aber in den letzten drei Tagen wurde es schlimmer. Jetzt ist gar kein Wein mehr da. Kein einziger Tropfen." Der ältere Soldat zitterte unkontrolliert, er konnte kaum seinen Speer halten. „Und jetzt sind alle entweder krank und unglücklich oder gesund und unglücklich, weil sie jemanden haben, der krank ist."

„Wenn nur jemand herausfinden könnte, was mit der Quelle nicht stimmt." Der jüngere Wächter wischte sich über die Augen. „Er würde großzügig belohnt."

Hans spitzte die Ohren. „Ihr habt Gold?"

„Handel mit gutem Wein ist ziemlich profitabel", sagte der Jüngere. „Und der Magistrat hat eine stolze Summe als Belohnung für denjenigen ausgeschrieben, der das Austrocknen der Quelle rückgängig macht."

„Nun, mein Schwiegervater hat mich zum Teufel geschickt. Wenn ihr mir den Weg zu seiner Behausung zeigen könntet, frag ich ihn halt." Hans zuckte mit den Schultern, damit die beiden nicht merkten, wie sehr er die versprochene Belohnung haben wollte. „Vielleicht hat er ja eine Idee, wie man die Quelle wieder zum Fließen bringen kann."

Die Tränen der Wächter wurden zu Tränen der Hoffnung und Freude. Sie beschrieben ihm den Weg und schüttelten seine Hände tausendfach. Sie begleiteten ihn sogar ein Stück und winkten ihm nach, bis er nicht mehr zu sehen war.

Am späten Nachmittag erreichte er eine zweite Stadt. Auch hier trauerten alle. Das war ihm egal, denn er war müde. Also suchte er sich einen billigen Gasthof, aß wässrigen Haferbrei und plumpste ins Bett. Reisen war viel anstrengender als er erwartet hatte.

Er schlief sehr lange. Gegen Morgen wachte er davon auf, dass im Nebenraum jemand laut fluchte.

„All die Arbeit für Nichts." Der Mann klang genervt und ziemlich sauer.

„Wer konnte auch wissen, dass alle goldenen Äpfel aus dem Obstgarten verschwunden sind?", sagte eine zweite Stimme. „Sicherlich ist die letzte Ernte noch in der Schatzkammer der Stadt."

Goldene Äpfel? Hans spitzte die Ohren.

Die erste Stimme sprach erneut in einem Tonfall, der klar machte, dass der Sprecher noch wütend war. „Soweit ich gehört habe, wurden sie bereits zur Münzprägeanstalt gebracht. Da werden sie viel zu gut bewacht, als dass wir etwas erreichen könnten. Außerdem haben wir nicht das notwendige Werkzeug, um in ein Steinhaus mit massiven Eichenholztüren einzubrechen."

„In dem Fall …", der zweite Mann zögerte, als sei er nicht sicher, ob er einen Ratschlag erteilen sollte, sprach dann aber weiter. „Warum finden wir dann nicht heraus, was mit den Äpfeln passiert ist? Der Stadtrat hat eine riesige Belohnung für denjenigen ausgesetzt, der den Baum wieder gesund macht."

Hans hörte nicht länger zu und schlüpfte aus dem Bett. Je schneller er beim Teufel ankam, desto früher konnte er die Fragen stellen, deren Antworten er wissen musste, und desto früher wäre er wieder bei seiner

Frau – mit einem Berg von Gold. Vielleicht würde sie ihn dann ernst nehmen.

Einen halben Tag später erreichte er den breiten Strom, der Letzter Fluss genannt wurde. Die Wohnung des Teufels war nur noch eine Bootsfahrt entfernt. Er betrat die Fähre.

„Setz mich über", befahl er. Der Fährmann erwachte mit einem Schreck und starrte Hans an, als wäre der junge Mann verrückt.

„Zu den Teufelsbergen?" Es war deutlich, dass er die Fähre nicht wirklich zur anderen Seite steuern wollte, aber seine Arme setzten sich ohne sein Zutun in Bewegung. Sie schnappten sich die Stange zum Staken und zogen den alten Mann dabei auf die Füße. Dann begannen sie, das flache Boot über den breiten Fluss zu stoßen. „Warum willst du dort hin?"

„Ich muss ein paar Sachen erfahren." Hans wollte nicht wirklich mit dem Mann reden. Er stank nach Schweiß, sein Mantel war verdreckt und Bart und Haar ungepflegt. In der Mitte des Flusses erschien plötzlich ein verschwenderisches Mahl auf dem Sitz neben dem Fährmann. Der Alte sah es mit traurigen Augen an.

„Nimm dir ruhig etwas", sagte er, als er merkte, wie Hans' Nasenflügel bebten. „Ich habe derzeit keinen Appetit und die Magie wird mir heute Abend ein neues Mahl bereiten."

„Magie?" Hans runzelte die Stirn, riss sich aber gleichzeitig einen Schenkel von dem gegrillten Hähnchen ab. „Ist diese Fähre magisch? Wie ungewöhnlich."

„Nun, es ist nicht gerade ein freundlicher Zauber." Der Fährmann seufzte und schob dabei das Boot immer weiter zum anderen Ufer. „Ich kann es nicht verlassen. Nicht einmal für ein Bad im Fluss. Also muss mir das Essen herbeigezaubert werden, damit ich nicht verhungere."

„Oje." Hans sprach mit vollem Mund. „Hast du denn niemanden gebeten, eine Erlösung von diesem Fluch zu finden?"

Der Fährmann seufzte erneut. „Der Einzige, der es wissen könnte, ist der Teufel. Und wer würde den schon fragen?"

„Oh, ich bin auf dem Weg zu ihm. Wenn ich daran denke, werde ich ihn fragen, wie der Fluch zu brechen ist." Hans hatte nicht vor, das zu tun, aber es schien ihm richtig, den Mann nicht ohne Hoffnung zurückzulassen. Immerhin war die Mahlzeit exzellent gewesen.

Das Boot stieß an Land und für einen Moment war der Fährmann zu sprachlos, um zu reagieren. Aber als es drohte, von der Strömung wieder in den Fluss gezogen zu werden, fing er sich und schob, bis es sicher angelandet war.

Bevor Hans von Bord springen konnte, schnappte sich der Fährmann seine Hände und schüttelte sie. „Vielen Dank, dass Sie es versuchen wollen, mein Herr. Ich werde auf Sie warten. Sie werden vermutlich ein Boot brauchen, wenn Sie mit dem Teufel fertig sind."

„Und er hatte recht. Nachdem ich dem alten Hornschädel meine Fragen gestellt hatte, hatte ich es ziemlich eilig zurückzukommen. Aber er erklärte mir genau, wie ich eine Teufelsmaus aus den Wurzeln des Apfelbaums entfernen musste und eine magische Kröte aus der Rotweinquelle." Hans schüttelte sich. „Glauben Sie mir, es ist ein ekligen Gefühl, eine Kröte zu halten, die besoffener ist als der schlimmste Trunkenbold, den Sie je getroffen haben. Sie spuckte mir sogar auf die Füße." Er schüttelte sich noch einmal. „Na, wenigstens reichte die Belohnung für neue."

„Wie war es in der Hölle?" Das erste Mal seit Beginn der Show enthielt die Stimme es Moderators eine gewisse Neugier.

„Na ja, da war diese riesengroße Küche mit einer offenen Feuerstelle in der Mitte. Das Feuer war so heiß, dass man allein an den Wänden Eier hätte braten können. Ein großer Topf hing darüber. In einer Ecke spuckte ein Hahn Rotwein in ein Fass, dessen Überlauf abgeleitet wurde. Daneben stand eine Kiste, die von Äpfeln überquoll. Die Regale rundherum waren mit Kräutern und seltsam stinkendem, gelbem Zeugs vollgestopft. Und da war dieses massige Weib, fetter als man sich vorstellen kann, die nur Lumpen trug. Und ihre Stimme … davon will ich lieber nicht reden. Lassen Sie mich nur sagen, dass sie sicherlich Milch sauer werden lässt."

„Hör auf, so von meiner Großmutter zu reden." Duvel rutschte in seinem Sitz nach vorn und funkelte

Hans wütend an. „Das ist ziemlich unhöflich und du gehörst nicht zur Familie. Außerdem warst du nicht einmal in der Nähe der Hölle, nur in meinem Zuhause. Verständlicherweise ist es dort nicht halb so schrecklich wie in der Hölle selbst."

„Aber es war höllisch heiß in deiner Höhle und …" begann Hans zu protestieren, aber der Moderator schnitt ihm das Wort ab.

„Bitte, meine Herren. Wir sind nicht hier, um uns zu streiten. Wir untersuchen ein Verbrechen." Er blickte wieder zu Hans. „Würden Sie sagen, dass Herr Duvel die Menge Wein und Äpfel genommen hat, die eine Person am Tag verspeisen kann?"

Hans schnaufte abfällig. „Was glauben Sie? Der Apfelbaum verdorrt und die Weinquelle versiegt! Ich sage Ihnen, der gierige Dämon hat sich gleich alles geschnappt."

„Ich bin kein erbärmlicher Dämon, du Schwachkopf." Duvel sprang auf die Füße und ballte die Hände zu Fäusten. Die roten Haare auf seinen Schultern sträubten sich so stark, dass sie die elegante Jacke anhoben, die er trug. Dadurch wirkte er ein paar Zentimeter größer.

Hans sprang ebenfalls auf, streckte die Brust raus und ballte die Hände zu Fäusten. „Haste vor, mich zu beleidigen?"

Bevor die beiden anfangen konnten zu kämpfen, packte der Moderator Duvels Arm und zog ihn zurück. Von der eisenharten Stärke des Griffs überrascht fiel

Duvel in seinen Sitz zurück. Hans wurde derweil von einem Diener gehalten.

„Herr Duvel!" Die Stimme des Moderators war eisig. Die Blicke, die er Hans und Duvel zuwarf, ließen sie schlagartig verstummen. „Nicht jeder kennt sich mit den Feinheiten der Hierarchie in der Hölle aus. Würden Sie es uns erklären?"

„Ähm, na ja …" Duvel brauchte eine Weile, um sich zu fangen. Er zwang seine ganze Aufmerksamkeit auf den Moderator und schob Hans und das Publikum aus seinen Gedanken. „Ganz oben in der Hierarchie der Hölle stehen natürlich die Gefallenen."

„Wie Luzifer." Das war keine Frage, aber Duvel nickte trotzdem.

„Unter ihnen sind alle Teufel, große und kleine, und die Dämonen. Je wichtiger ein Teufel oder Dämon, desto bekannter ist sein Name. Weil Teufel keine Menschen fressen, war es uns erlaubt, die Hölle zu verlassen, um sie zu verführen. Dämonen sind zu gefährlich, um sie in die Welt zu lassen. Schließlich sind wir noch nicht bereit für den letzten Kampf mit Oben."

„Also befindet ihr euch im Krieg mit dem Himmel?" Der Moderator schien sich für das Thema zu erwärmen. „Wie passt das mit dem Schließen der Höllentore zusammen und warum sind Sie nicht vorher zurückberufen worden?"

„Großmutter und ich haben unsere Rückholbestätigung noch nicht erhalten. Lassen Sie mich das erklären." Duvel lehnte sich in seinem Sitz zurück, hielt seinen Blick aber fest auf die Nase des Moderators gerichtet. „Die meisten von uns haben keine Familie. Die wenigen, die eine haben, wurden entfernten Außenposten zugeteilt. Unsere Aufgabe ist es, Seelen für unsere Seite zu gewinnen. Großmutter und ich waren gerade erst angekommen, als die Tore geschlossen wurden. Ich bin mir sicher, dass sich unsere Rückholbestätigung dadurch verzögert hat. Irgendwann wird sie uns erreichen."

„Und bis dahin klaust du unser Essen, um dich vollzustopfen?" Hans' Stimme hob sich. „Und du nennst *mich* einen Dieb? Das ist doch …"

Duvel biss sich innen auf die Wange, damit er nicht antwortete.

Zum Glück mischte sich der Moderator ein. „Wir wollen keine voreiligen Schlüsse ziehen. Mir dünkt, Herr Duvel wusste nicht, dass seine Zauber schiefgegangen waren. Das werden wir in wenigen Minuten genauer untersuchen. Aber zuerst müssen wir ein wenig mehr über Ihren Hintergrund erfahren. Wie kam es dazu, dass Sie gebeten wurden, die Hölle aufzusuchen?"

„Oh, das ist leicht zu erklären, Kumpel."

Es war offensichtlich für Duvel, dass Hans gerne über sich selbst sprach. Trotz seiner Übertreibungen und Prahlereien konnte Duvel nicht anders, als hinter die Worte zu sehen.

„Ich wuchs beim Müller und seiner Frau auf. Der Mann wusste genau, wie er meine Glückshaut ausnutzen konnte. Als ich siebzehn wurde, war er fett geworden,

weil er mich wie einen Sklaven schuften ließ und sich
‚n faulen Lenz gemacht hat."

Ein dünner, aber muskulöser Teenager von etwa
siebzehn Sommern trug einen Sack Mehl zu dem
wartenden Eselskarren. Schweiß lief ihm über den
Rücken, sodass sein fadenscheiniges Hemd an seinem
Körper klebte, aber seine Hände und nackten Füße
waren vor Kälte ganz blass. Es war zwar noch nicht
ganz Herbst, aber die Morgenstunden waren schon
empfindlich kalt. Hans warf einen Blick auf das hell
erleuchtete Fenster, hinter dem der Bauer, dessen Wagen
er belud, gemütlich mit seinem Adoptivvater schwatzte.
In seiner Vorstellung sah er die Fettrollen des Müllers
über die Lehnen des Sessels quellen. Eines Tages …

„Warte nur, bis ich auch jemand von Bedeutung
bin", grummelte Hans. „Ich werde nicht auf immer
dein Sklave sein."

Er ging, um den letzten Mehlsack zu holen. Als
er zurückkam, sah er einen einsamen Reiter aus dem
Wald kommen. Auf einem Pferd! Niemand in der
Gegend besaß ein Pferd, also musste es ein Adeliger
von irgendwoher sein oder einer der Soldaten des
Königs. Er wunderte sich über den Fremden, warf
den Sack auf den Wagen, klopfte dem Esel, der davor
eingespannt war, auf die Kruppe und ging ins Haus,
um den Müller über den neuen Gast zu informieren.
Ein Reiter auf einem echten Pferd war immer eine

Nachricht … und meistens keine gute. Aber wenigstens konnte der Mann nicht wegen ihm hier sein.

„Ein adeliger Besucher, sagst du? Du meine Güte, er will sicherlich mit mir sprechen." Der Müller hievte seinen massigen Körper aus dem Sessel. „Da gehe ich besser hinaus. Er soll von unserer Gastfreundschaft nicht enttäuscht sein." Er funkelte Hans an und zeigte zur Tür. „Miste den Stall aus und wage es nicht, hier drinnen etwas anzufassen." Mit einem weiteren warnenden Blick wackelte er nach draußen. Der Bauer folgte ihm.

Hans nutzte die Gelegenheit, sich am Kachelofen aufzuwärmen, der in die mittlere Wand des Hauses eingebaut war und alle drei Stockwerke heizte. Ein Kribbeln schoss durch seine Arme und Beine und er stöhnte erleichtert, als es nachließ. Als er den Müller zurückkommen hörte, schlüpfte er durch die Verbindungstür in die Küche, wo seine Adoptivmutter das Mittagessen auf dem metallenen Teil des riesigen Kachelofens kochte. Eine offene Feuerstelle, wie sie in Bauernhäusern üblich war, wäre in der Mühle zu gefährlich gewesen. Als sie den Mund öffnete, um ihn zu begrüßen, legte er den Zeigefinger auf die Lippen und setzte sich auf die Ofenbank.

Sie beugte sich vor und flüsterte: „Wird Vater nicht böse, wenn er dich hier findet, Liebling?"

„Er hat mir befohlen, den Stall auszumisten, aber damit bin ich schon fertig." Hans streckte sich. „Ich hab es mir verdient, eine Weile zu sitzen. Und überhaupt.

Er wird wegen dem neuen Besucher viel zu beschäftigt sein."

„Besucher?" Die Stimme seiner Mutter quietschte leise. „Was für ein Besucher?"

Er erzählte ihr von dem Reiter. „Eines Tages werde ich so ein Besucher sein", vertraute er ihr an. „Aber dann werde ich nur dich besuchen, Mutter."

„Selbstverständlich wirst du das, mein Schatz." Sie lächelte ihn gedankenverloren an und reichte ihm die Kaffeemühle. „Der Morgen ist so frisch, da wird er sicher Kaffee wollen. Wärst du so lieb, mir welchen zu mahlen?"

Hans half gerne. Besucher waren immer eine Gelegenheit, auch etwas Kaffee oder ein Stück Kuchen zu erhaschen, was er normalerweise nicht bekam, weil der Müller alles überwachte. „Bekomme ich auch welchen?"

„Aber selbstverständlich. Bediene dich nur." Geschwind fügte sie noch etwas mehr Gemüse und eine weitere Scheibe Fleisch zu dem Eintopf hinzu, den sie zu Mittag kochte. Als ihr Ehemann rief, dampfte der Kaffee bereits in einer Kanne und stand mit mehreren Bechern und einem Teller Kekse auf einem Tablett bereit. Dennoch eilte sie zuerst ohne das Tablett in die Stube. Hans nutzte die Gelegenheit und stibitzte einen Keks.

Als seine Mutter zurückkehrte, war sie so blass, als hätte sie ein Gespenst gesehen. „Es ist der König", flüsterte sie. „Und er will dich sehen. Vater hat ihm von dir erzählt und jetzt …"

Der König wollte ihn sehen? Hans lächelte. Vielleicht war das endlich seine Chance, jemand von Bedeutung zu werden. Vielleicht wollte ihm der König eine unglaublich wichtige Aufgabe übertragen. Seine Brust schwoll bei dem Gedanken. Er stand auf und ging auf die Zwischentür zu.

Seine Mutter hielt ihn auf. „Hans! So kannst du da nicht reingehen." Sie zeigte auf seine nackten Füße. „Zieh deine Sonntagssachen an."

„Aber Mutter, die Schuhe sind viel zu eng." Hans hasste die Holzschuhe, die er zur Kirche tragen musste.

„Nimm Vaters aussortierte Lederschuhe. Beeil dich." Sie schob ihn durch die Tür zum Flur, nahm das Tablett mit dem Kaffee und ging in die Stube. „Er wird gleich hier sein", hörte Hans sie sagen.

So schnell er konnte lief er in sein kleines Zimmer unterm Dach und zog seine beste Kleidung an. Wie abgesprochen zog er die alten Stiefel seines Adoptivvaters an und eilte in die Stube. Sein Herz donnerte, als wäre er meilenweit gerannt. Das war seine Chance. Da war er sich sicher. Immerhin war er der einzige in der Gegend mit einer Glückshaut. Unwillkürlich ging seine Hand zu dem Beutelchen, das er an einer Schnur um den Hals trug. Es musste doch für mehr gut sein, als den Müller durch Hans' Arbeit immer fetter werden zu lassen.

„Hast dir aber Zeit gelassen, was?" Die Stimme des Müllers klang schroff, aber freundlicher als sonst. Sicherlich würde er sich nicht trauen, die Peitsche zu benutzen, wo doch der König dabei war. Trotzdem hielt Hans sicherheitshalber die Hände hinter dem Rücken.

„Da ich die Ziegen gefüttert habe, roch ich recht würzig. Da dachte ich, es wäre besser, frische Kleidung anzuziehen", entschuldige er sich.

Der König bedeutete dem Müller ruhig zu sein, während er Hans musterte. Nach einer Weile sagte er: „Also du bist das Kind mit der Glückshaut?"

„Ja, mein Herr."

„Und du bist hier in einem Weidenkörbchen angeschwemmt worden?"

„Ja, mein Herr ."

„Faszinierend." Der König strich über seinen Bart, aber Hans bemerkte ein seltsames Glänzen in seinen Augen. War das etwa Angst? Warum sollte der König vor ihm Angst haben? Unmöglich. Das musste er sich eingebildet haben. Der König stand auf und reichte ihm einen versiegelten Brief. „Ich möchte, dass du diesen Brief zu meiner Frau bringst. Für Neuigkeiten über mich wird sie dich großzügig belohnen. Du wagst dich doch durch den Wald, oder?"

„Ja, mein Herr." Hans streckte seine Brust noch etwas weiter heraus. Immerhin hatte er den Eselskarren mit dem überschüssigen Mehl oft genug zum Markt in die Hauptstadt geführt. „Ich kenne den kürzesten Weg zur anderen Seite."

„Sehr gut." Der König setzte sich wieder und nippte an seinem Kaffee. „Ich selbst muss einige Städte in der Nähe bereisen und hoffe, meine Männer dort zu treffen. Ich habe sie verloren, als ich durch den Wald kam. Doch ich hatte meiner Frau versprochen, ihr zu schreiben, wenn ich den Wald sicher passiert habe. Sie sorgt sich."

„Ich werde den Brief mit meinem Leben beschützen." Hans fragte sich zwar, warum ihm der König das alles erzählte, schob den Gedanken aber beiseite. Wenn Bauern und Müller von Zeit zu Zeit geschwätzig waren, warum dann nicht auch ein König? Auf einen Wink der königlichen Hand hin, zog er sich zurück. In der Küche packte er die Schultern seiner Mutter und wirbelte sie herum. „Das ist meine Chance, Mutter! Ich werde als gemachter Mann zurückkehren. Vielleicht schlägt er mich sogar zum Ritter. Immerhin gibt es nicht viele, die sich durch den Wald trauen."

„Ich wusste, dass du deine Gelegenheit bekommen würdest." Sanft befreite sie sich aus seinem Griff und packte ihm einen Beutel mit so viel Essen, wie sie wagen konnte. „Pass gut auf dich und den Brief auf. Ich werde dich vermissen, wenn du weg bist."

Er umarmte sie und zum ersten Mal, seit er beim Müller und seiner Frau lebte, wurde ihm der Hals eng, als er ans Weggehen dachte.

„Aber ich sagte mir einfach, dass ich ja bald wieder zurück wäre, und ging", sagte Hans. „Ich wanderte den ganzen Weg zur Hauptstadt in der Zeit, die der König brauchte, um die nächste Stadt zu erreichen. Und das trotz der Räuber, die mich aufgehalten haben."

„Warte mal …" Duvel beugte sich vor. „Du warst das dürre Kerlchen mit dem Brief für die Königin? Mit dem Brief, in dem stand, dass man dich augenblicklich hängen und vierteilen solle?"

„Im Brief stand WAS?" Hans' Augenbrauen schossen in die Höhe.

„Sie kannten ihn schon vorher?" Der Moderator hob eine Hand, um Hans zum Schweigen zu bringen.

„Nun ja, kennen ist nicht das rechte Wort. Ich traf jenen Brief tragenden Jüngling im Wald", sagte Duvel.

Mit dem bisher falschesten Lächeln überhaupt drehte sich der Moderator zum nächstbesten flauschigen Ball, der von der Decke hing. „Das nenne ich eine unerwartete Entwicklung, meine Damen und Herren. Das ist etwas, das Sie nur in meiner Show erleben können. Bleiben Sie dran. Wir sind nach einer ganz kurzen Pause wieder zurück."

Er schwieg und der ganze Saal mit ihm, während eine Gruppe grünhäutiger Gnome auf ihren O-Beinen herumsauste und dem Publikum Süßigkeiten anbot und den Gästen auf der Bühne Getränke reichte. Als er wieder sprach, schallte seine Stimme durch den ganzen Saal, obwohl er leise zu einem Gnom an seiner Seite sprach. „Warum bin ich darüber nicht informiert? Du weißt, dass ich keine Überraschungen mag."

„Aber mein Herr …" Der Gnom zitterte von seinen kabelartigen Haaren bis zu den nackten Füßen mit den abgebrochenen Nägeln. „Das wussten wir doch selbst nicht."

„Das ist keine Entschuldigung. Bügel es aus oder du bist gefeuert!" Der Moderator stand auf und stürmte von der Bühne.

Der Gnom wrang die Hände und wandte sich an Duvel. „Bitte, mein Herr, könnten Sie mir sagen, wie Sie dazu kamen, den Angeklagten zu kennen?" Er winkte aufgeregt einem weiteren Gnom, der herbeieilte und einen Zeichenblock hervorzog. Während Duvel sprach, füllte die kleinwüchsige Kreatur das Papier mit Bildern.

„Eines Tages war ich ausgeschickt worden, die Seele eines Räubers einzufordern. Um an ihn heranzukommen, musste ich so tun, als wäre ich einer von ihnen. Als die ganze Gruppe so trank und sang, schleppte meine Zielperson einen heruntergekommenen Jüngling ins Lager. Sie machten sich über ihn lustig, bis er vor Wut schrie und ihnen zubrüllte, dass er ein wichtiger Bote des Königs wäre. Selbstverständlich nahmen sie ihm den Brief ab und ich war der Einzige, der lesen konnte. Als ich den anderen erklärte, dass der Brief der Befehl war, den Jüngling zu hängen und zu vierteilen, überzeugte meine Zielperson die anderen, dass es eine gute Idee wäre, den Brief zu verändern. Immerhin kämpften sie gegen die Ungerechtigkeit des Königs. Ich benutzte also ein wenig Magie, um meine Handschrift wie die des Königs aussehen zu lassen, und befahl der Königin, den Jungen mit Gold zu überschütten. Natürlich wusste ich damals noch nicht, dass er zum Dieb werden würde!"

Bevor er weiterreden konnte, nahm der Gnom seine Hand in seine mit Warzen übersäten Pfoten und schüttelte sie. „Vielen Dank, mein Herr. Wenn Ihr die Geschichte genau so wiederholen könntet, wird der Meister sehr zufrieden sein." Er eilte mit dem Künstler auf den Fersen davon. Wenig später führte ein Diener Hans zu der Sitzbank, auf der auch Duvel saß, und eine wunderhübsche, junge Frau erschien mit den Bildern. Mit besänftigtem Gesichtsausdruck kehrte der Moderator an seinen Platz zurück und gab Duvel ein Signal, die Geschichte noch einmal zu wiederholen.

Duvel verstand nicht, warum er dasselbe noch einmal erzählen sollte. War einmal nicht genug? Trotzdem tat er wie geheißen. Schließlich wollte er dieses Gerichtsverfahren so schnell wie möglich hinter sich bringen, damit er sein Eigentum zurückbekam. Als er seine Geschichte beendet hatte, zuckte er mit den Schultern. „Dummerweise entriss mir dieser Akt der Gnade meinen Klienten. Aber so sind die Regeln eben. Also verließ ich die Räuber ohne die Seele, die ich hatte holen sollen."

„Also ließen die Räuber Sie gehen, Hans?" Der Moderator schien zufrieden, dass er wieder Herr der Fakten war. „Und Sie machten sich erneut auf den Weg in die Hauptstadt, um ihren Brief abzugeben?"

„Jup." Hans grinste. „Aber es dauerte ziemlich lange, um zu der Königin vorgelassen zu werden. Hunderte von Soldaten, Höflingen und sonst wem untersuchten den Brief und das Siegel, bevor sie mir erlaubten, Ihre Hoheit und die Prinzessin zu sehen."

„Und das ist das Stichwort für unseren ersten Überraschungsgast." Der Moderator stand auf und begann zu klatschen. Das Publikum fiel ein. „Willkommen, Eure Hoheit, Königin Marianda Lucinda III."

Die Dame, die die Bühne von links betrat, war die attraktivste Menschenfrau, die Duvel je gesehen hatte. Bekleidet mit einem raffiniert schlichten, dunkelblauen Rock, passender Jacke und einer weiten Seidenbluse, deren Spitzenkragen bis auf ihre Schultern fiel, schritt sie daher wie die Königin, die sie war. Unwillkürlich stand er auf und verbeugte sich. Dabei hielt er die Luft an, bis sie vorbeigegangen war.

„Bitte setzen Sie sich hierher, Eure Majestät." Der Moderator trat beiseite und zeigte auf seinen eigenen Platz auf der gepolsterten Bank. „Bei einem so besonderen Gast wollen wir einmal auf den unbequemen Zeugenstuhl verzichten."

Mit einem dankbaren Neigen des Kopfes ließ sich die Königin nieder.

Die Zuschauer brauchten lange, um mit dem Klatschen aufzuhören. Als sich Duvel wieder hinsetzte, machte er Platz für den Moderator. Er konnte auf keinen Fall direkt neben der Königin sitzen. Zu seiner Bestürzung schien Hans seine Bedenken nicht zu teilen.

„Hi, Schönste aller Schönen", sagte er und tätschelte das Knie der Königin. Zum Glück wurden seine Worte größtenteils vom Applaus verschluckt. „Wie geht's deiner Tochter?"

„Ihre Gesundheit hat sich noch nicht so gebessert, dass sie Ihnen begegnen könnte." Es lag Eis und eine Spur Verachtung in der Stimme der Königin. Duvel hätte ihr gerne für ihren guten Geschmack gratuliert.

Der Beifall verklang und der Moderator wandte sich mit einem breiten Lächeln an die Königin. „Wärt Ihr so gütig, Hoheit, uns zu erzählen, wie Ihr Euch gefühlt habt, als Ihr den Brief gelesen hattet?"

„Ich war verzweifelt." Königin Marianda Lucinda III. warf Hans einen Seitenblick zu. „Aber das Siegel war intakt und die Handschrift war zweifelsfrei die meines Mannes. Trotzdem konnte ich nicht glauben, dass er meiner geliebten Larissa so etwas antun würde. Ich hätte jeden akzeptiert, nur nicht … ihn." Sie spuckte das letzte Wort aus, als wäre Hans ein Insekt oder Schlimmeres.

Hans' Augen wurden eng und zum ersten Mal seit Beginn des Verfahrens bemerkte Duvel eine dunkle Wolke aus Wut und Hass, die ihn umgab. Der Junge war so voller Eifersucht und Unzufriedenheit, dass er irgendwann explodieren würde. Das bereitete ihm Sorgen. Was, wenn er während dieser Verhandlung ausrastete? Er sah zu all den Menschen, die im

Publikum saßen, und berechnete den Schaden, den ein einzelner, durchgedrehter, junger Mann anrichten konnte. Genervt stellte er fest, dass ihm Hans auch leidtat. Von den eigenen Eltern weggeworfen wie ein Wurf Kätzchen, von der Müllersfrau verwöhnt und vom Müller schlimmer behandelt als der Esel, waren seine dunklen Gefühle kein Wunder. Er hatte seinen Platz in der Welt noch nicht gefunden. Für den Bruchteil einer Sekunde erkannte Duvel, dass sie sich ähnelten. Er hatte seinen Platz auch noch nicht gefunden.

„Was genau stand in dem Brief?" Die Stimme des Moderators riss ihn aus den Gedanken und so konzentrierte er sich wieder auf die Antwort der Königin.

„Mir wurde befohlen, meine Tochter Larissa mit diesem jungen Mann zu vermählen." Sie funkelte Hans wütend an, der die Unterlippe einsaugte und zurückstarrte. „Können Sie sich meine gebildete, sanfte, zierliche Tochter in den Armen dieses Lumps vorstellen? Nun, ich nicht. Also befahl ich eine Wartezeit von drei Jahren."

„Ja, und das war ungerecht", fiel ihr Hans ins Wort. „Der Brief sagte nichts von einer Wartezeit."

„Larissa war eben erst fünfzehn geworden", schoss die Königin zurück. „Sie war noch viel zu jung zum Heiraten."

„Na und? Befehl ist Befehl."

„Am Ende hast du sie ja bekommen, oder nicht?"

Duvel war überrascht, wie viel ihrer Schönheit die Königin verlor, wenn sie außer sich war. Ihr Gesicht legte sich in wütende Falten, und seine Bewunderung ließ etwas nach.

„Halt, halt, halt …" Der Moderator hielt beide Hände hoch. „Lassen Sie uns bei den Fakten bleiben." Er wandte sich an die Königin. „Ihr erhieltet also einen Brief mit dem Befehl, Eure Tochter mit dem Angeklagten zu vermählen."

„Ja."

„Und Ihr zwangt ihn, drei Jahre zu warten, in der Hoffnung, dass Euer Ehemann zurückkommen und die Hochzeit verhindern würde." Durch seine Betonung klang die Aussage mehr wie eine Frage.

„Ja, aber mein König kam zu spät. Die Hochzeitszeremonie war gerade vorüber, als er und seine Männer in den Schlosshof ritten."

„Ich verstehe", sagte der Moderator und wandte sich an Duvel. „Aber Sie behaupten, sie hätten den Brief so abgeändert, dass der junge Mann reich werden würde, stimmt das?"

„Ja, und dabei bleibe ich."

„Also muss noch jemand den Brief verändert haben." Der Moderator drehte sich zu Hans um und starrte ihn an. „Und es ist auch seltsam, dass der König für genau die Zeit, die die Königin angeordnet hatte, nicht heimkehren konnte."

„Ich hatte keine Ahnung, dass er so lange weg sein würde." Hans rutschte auf seinem Sitz hin und her.

„Als die Königin die Wartezeit ankündigte, war ich mir sicher, dass ich die Prinzessin nicht bekommen würde, aber die Räuber hielten den König viel länger vom Hof fern, als erwartet. Ich fand das urkomisch. Eine Gruppe von, sagen wir, etwa zwanzig Räubern, die einen König und fünfunddreißig seiner besten Männer für beinahe drei Jahre aufhalten."

„Wenn Sie sich auf eine Hochzeit am Sonntag eingelassen hätten, wie es üblich ist, wäre er rechtzeitig zurück gewesen." Die Stimme der Königin klang pikiert. „Aber Sie mussten ja auf dem genauen Tag am Ende der drei Jahre bestehen. Das war der Tag, an dem alles zusammenbrach." Während sie die Heimkehr des Königs schilderte, stellte sich Duvel die Szene vor.

Prinzessin Larissa starrte ihren Brautstrauß mit Tränen in den Augen an und das Herz der Königin zog sich schmerzhaft zusammen. Wenn sie doch nur etwas tun könnte. Sie fühlte sich hunderte von Jahren alt. Wer hätte gedacht, dass der König so lange fortbleiben würde? Mit brechender Stimme sagte sie: „Es wird Zeit für das Bankett, Liebes."

Larissa sah auf. Ein eisenharter Wille lag in ihrem Blick. „Mein Bett wird er nicht teilen."

„Dein Vater wird einen Erben aus dieser Verbindung erwarten", meinte die Königin, aber ihr Herz wurde mit jedem Wort schwerer.

„Lieber sterbe ich." Larissa erhob sich von ihrem gepolsterten Hocker vor dem vergoldeten Spiegel in ihrem Boudoir, wo eine der Zofen ihr Haar gerichtet hatte. Der Wind nach der Zeremonie in der Kirche hatte die Frisur ein wenig ruiniert. Sie drehte sich um und funkelte ihre Mutter wütend an. „Du weißt, dass ich genauso einen dicken Kopf habe wie Vater. Wenn er auf dieser Scharade besteht, werde ich euch verlassen. Lieber heirate ich den Teufel als diesen Idioten. Weißt du, womit er angegeben hat?"

„Nein, Liebes, weiß ich nicht." Die Königin hatte größere Probleme als das Geplapper ihres Schwiegersohns.

„Er hat den Knappen gegenüber behauptet, mit seiner Glückshaut könne er dem Teufel die Hosen abschwatzen." Larissa warf die Hände in die Luft. „Ich hasse ihn!"

„Es ist nicht seine Schuld, dass er arm und ungebildet ist", sagte die Königin.

„Das ist es nicht. Ich mag ihn einfach nicht, weil er so unreif ist. Die ganze Zeit redet er von seiner Glückshaut und sein größtes Interesse gilt dem Gold. Er hat sich nie um mich gekümmert, geschweige denn um mich geworben. Er hat mir keine Blumen oder Geschenke gekauft. Er ist nicht einmal mit mir ausgeritten. Stattdessen verbringt er die meiste Zeit mit den Knappen und gibt vor ihnen an. Warum musste ich ihn heiraten?"

„Glaub mir, wenn es einen Ausweg gegeben hätte, hätte ich ihn genommen." Königin Marianda drückte ihre Tochter an sich und hielt sie, bis sie sich beruhigt hatte. „Königskinder werden nun mal nicht gefragt, ob sie verliebt sind, meine Süße." Für einen Moment dachte sie an ihre eigene, unglückliche Ehe und das einzige Wunder, das sie ihr gebracht hatte, ihre Tochter. Sie lächelte traurig. „Denke immer daran, dass ich für dich da bin." Sie schwor sich, dass sie einen Weg finden würde, Hans hängen zu lassen, sollte er Larissa jemals so behandeln, wie der König mit ihr umgegangen war. Lieber fuhr sie zur Hölle, als dass sie ihre Tochter leiden ließ.

Larissa schüttelte ihre Arme ab. „Weißt du, dass ziemlich viele Wertgegenstände verschwunden sind, seit mein Ehemann bei Hofe lebt? Können wir nicht irgendwie beweisen, dass er sie gestohlen hat? Diebstahl oder Betrug sind akzeptierte Gründe, eine Ehe für ungültig erklären zu lassen."

„Du bist doch erst seit einer Stunde verheiratet, Liebes." Die Königin zwang sich zu lächeln. „Vielleicht gewöhnst du dich daran."

Bevor Larissa mit einer weiteren bissigen Bemerkung reagieren konnte, ging die Tür auf und die ranghöchste Hofdame trat ein. „Das Bankett ist bereit, Eure Majestäten. Alle warten nur auf Euch."

Mit verkniffenem Mund folgte Larissa ihrer Mutter in den großen Saal und setzte sich steif auf den hochlehnigen Stuhl neben ihrem Ehemann. Tränen stiegen der Königin in die Augen, während die Adeligen an dem Paar vorbeizogen und ihnen zu der ungewollten Ehe gratulierten. Larissa gab ihr Bestes und lächelte die ganze Zeit. Als der letzte Adelige seine Familie präsentiert, sein Geschenk abgegeben und seine Glückwünsche ausgesprochen hatte, standen die Neuvermählten auf und gingen zu der erhöhten Plattform des Banketttisches. Bevor sie sich jedoch setzen konnten, öffnete sich die große Doppeltür des Saals und der König marschierte herein. Seine Tunika war zerrissen, die Rüstung, die er trug war verbeult und stellenweise rostig, aber sein königsroter Mantel wirkte so neu wie immer.

„Was ist hier los?" Als der König sprach, schwieg der ganze Saal. Alle hielten die Luft an. „Weib! Was passiert hier gerade?"

„Wir haben deine Tochter, wie von dir verlangt, mit diesem jungen Mann vermählt." Die Königin bemerkte die Gewitterwolken über dem Gesicht ihres Mannes, bevor er die nächsten Worte sprach.

„Die Feier ist vorbei. Marianda, in mein Zimmer." Der König marschierte zu seinem Schwiegersohn und starrte ihn mit gerunzelter Stirn an. „Ich bin mir sicher, dass du meinen Befehl verändert hast. Leider kann ich es nicht beweisen. Deshalb erhältst du eine Aufgabe, die es wert ist, dir dafür die Hand meiner Tochter zu geben. Geh zur Hölle und bringe mir den wertvollsten Besitz des Teufels. Der Hauptmann meiner Garde wird dir die Details erklären."

Ohne die wie betäubt dasitzenden Höflinge zu beachten, ging der König davon. Die Königin folgte ihm mit schwerem Herzen. Sie freute sich keinesfalls auf das Gespräch mit ihren Mann, auch wenn ihre Tochter jetzt glücklich aussah.

„Als wir in den Saal zurückkehrten, war der Ehemann meiner Tochter bereits ausgesandt worden." Der Blick der Königin wanderte wieder zu Hans. „Und glauben Sie mir, wären Sie noch dagewesen, hätte ich sie hängen und vierteilen lassen, wie es mein Mann im Original des Briefes verlangt hat."

„Wieso wollte er mich umbringen lassen, obwohl ich gar nichts verbrochen hatte?" Hans starrte sie wütend an. „Ich hatte ihn vor dem Besuch in der Mühle noch nie gesehen und ihm nichts getan."

„Warum waren Sie nicht mit dem Gold zufrieden, dass Ihnen die Räuber zugedacht hatten?", fragte der Moderator. „Na ja", Hans grinste und sprach mehr zu einem der flauschigen Bälle als zum Moderator. „Ich wusste ja nicht, dass die Räuber den Brief verändert hatten. Also setzte ich mich hin, öffnete und las ihn, nachdem sie mich auf der Straße zur Hauptstadt abgesetzt hatten." Er runzelte die Stirn, als er den Moderator ansah. „Du brauchst gar nicht so skeptisch zu gucken. Mutter hat mir das Lesen und Schreiben beigebracht, als der Müller nicht hingesehen hat." Er wandte sich wieder an den fluffigen Ball. „Ich dachte eine Weile über den Inhalt nach. Ein einfacher Haufen Gold würde meinen Adoptivvater nicht beeindrucken. Und dann hatte ich eine Idee. Warum sollte ich mich mit ein wenig Gold zufriedengeben, wenn ich alles haben konnte? Also veränderte ich den Brief so, dass er sagte, ich solle mit der Prinzessin verheiratet werden. Die Verzögerung durch die Königin machte mir zuerst Sorgen und ich beschloss, nur so lange zu bleiben, wie nötig. Ich musste reich werden. Für Mutter. Also sammelte ich alles, was niemand wirklich brauchte – Juwelen, Silberbesteck, Schnitzereien. Ich packte alles so zusammen, dass ich jederzeit abhauen konnte, wenn der König auftauchte, aber plötzlich war der Hochzeitstag da und die Königin musste ihr Versprechen halten."

Er grinste den Moderator an. „Also eigentlich müsstest du mich jetzt auch mit Hoheit anreden, aber ich will mal nicht so sein."

„Sie geben Ihren Betrug zu?" Das erste Mal, seit sie angekommen war, verlor die Königin die Haltung. „Verbrecher! Sie sollten wirklich gehängt und geviertelt werden, wie es mein Mann vorgesehen hatte."

„Nur keine Sorge, der Richter …", der Moderator zeigte auf den fetten Mann, den Duvel in der Maske kennengelernt hatte, „… wird alle Aussagen berücksichtigen. Aber erst einmal haben wir, wie ich glaube, einen weiteren Gast." Der Moderator hielt für einen Moment die Luft an und das Publikum wartete gebannt auf seine nächsten Worte. „Es wird Zeit für meine nächste Überraschung." Er stand wieder auf und begann zu applaudieren. „Heißen Sie sie mit mir ganz herzlich willkommen. Kronprinzessin Larissa."

Die Zuschauer tobten.

Eine junge Frau in einem weiten, hellgrünen Kleid und mit rotbraunen Locken schritt auf die Bühne zu. Ihre Schneidezähne standen vor und ihr Gesicht war nicht annähernd so symmetrisch wie das ihrer Mutter, aber aus ihren Augen leuchtete Ehrlichkeit und ihr Lächeln verstärkte den goldenen Schein, der sie für die Augen der Menschen unsichtbar umgab. Duvels Herz schlug schneller und seine Kehle wurde trocken. In seinem ganzen Leben hatte er nicht damit gerechnet, dass ihm das passieren könnte … Gefühle! Die Meister der Hölle hatten ihn gewarnt, dass ihn auf der Erde Gefühle erfassen könnten, aber auf das hier war er nicht vorbereitet. Eine Welle der Sehnsucht schwemmte seine ganze Kraft fort und machte es ihm unmöglich, aufzustehen und die junge Frau zu begrüßen. Er starrte sie einfach an, während der Applaus verebbte.

„Vielen Dank für die Einladung." Die Prinzessin ignorierte den unbequemen Zeugenstuhl und setzte sich zwischen ihre Mutter und Duvel. Ihm blieb die Luft weg, bis er begriff, dass dies der Punkt war, an dem sie am weitesten von ihrem Ehemann entfernt saß, ohne unhöflich zu wirken. Diese Ehe war ganz und gar nicht in Ordnung.

„Meine liebe Prinzessin." Der Moderator strahlte sie an. „Zuerst einmal, herzliche Glückwünsche zu Ihrer Vermählung."

„Beileidsbekundungen wären angebrachter", murmelte Duvel.

Die Prinzessin drehte sich mit einem überraschten Gesichtsausdruck zu ihm um, lächelte kurz und sah dann wieder zum Moderator. „Herr D. hier hat recht", sagte sie. „Es gefällt mir nicht, mit jenem Verbrecher verheiratet worden zu sein, und jetzt, wo ich beweisen kann, dass er betrogen hat, werde ich alles in meiner Macht stehende tun, die Ehe für nichtig erklären zu lassen."

Zum ersten Mal, seit das Verfahren begonnen hatte, sprach der Richter. „Sie wissen schon, junge Dame, dass eine Annullierung der Ehe nur möglich ist, wenn sie noch nicht vollzogen wurde."

„Jeder halbwegs vernünftige Arzt wird Ihnen bestätigen können, dass er mich nicht berührt hat." Die Prinzessin wurde feuerrot. Es war klar, dass ihr das Thema nicht angenehm war, aber Duvel fand, dass ihr die Farbe gut stand. Außerdem bewunderte er ihre Ehrlichkeit. Er hing an jedem ihrer Worte. „Ich hatte großes Glück, dass mein Vater auftauchte, bevor das Bankett beendet war."

„Seine Weitsicht sei gelobt." Die Königin warf Hans einen wütenden Blick zu, aber der junge Mann lächelte nur die Prinzessin an.

„Das lässt ich ganz leicht ändern, Süße." Alle ignorierten seine Bemerkung.

„Was tat der König, um Ihnen zu helfen?", fragte der Moderator die Prinzessin.

„Er gab mir eine Aufgabe und schickte mich zur Hölle", sagte Hans.

Bevor irgendjemand etwas dazu sagen konnte, sprach der Moderator wieder zum Publikum. „Meine Damen und Herren, ich denke, es ist Zeit, ein paar Details zu der Aufgabe zu bekommen, mit der unser junger Freund hier ausgesandt wurde." Der Moderator winkte jemandem zu, der von der Seite eine große, schwarze Kiste auf einem Wägelchen herein rollte, die mit einem Stoffnetz und etlichen Drehknöpfen und Schaltern auf der Vorderseite ausgestattet war. „Denn wenn ihm jemand den Auftrag gab, einen Diebstahl zu begehen, kann er noch begnadigt werden."

Duvel grunzte. Ein Diebstahl war ein Diebstahl, ganz gleich, welche Gründe.

Der Mann an der Kiste legte einen Schalter um und der Apparat begann zu knistern. Eine Stimme war zu hören, zu verrauscht, um sie zu identifizieren.

„Hallo? Hallo? Kann mich jemand hören?"

„Wir hören Sie laut und deutlich, mein Herr", bestätigte der Moderator, während der Mann am Apparat an den Knöpfen drehte, bis das Knistern zu einem Hintergrundgeräusch verklang.

„Sehr gut."

Ein Schauer lief Duvel über den Rücken, als er die Stimme des Königs erkannte. Warum musste seine Stimme hierher übertragen werden? Wäre es nicht einfacher gewesen, ihn wie seine Frau und seine Tochter einzuladen? Er beugte sich vor, um die Worte des Königs besser hören zu können.

„Ich bin König Lordis V. und ich befehle Ihnen, mich sofort aus meiner derzeitigen Position zu befreien. Jetzt!"

Der Moderator wirkte etwas verwirrt und ein wenig wütend. „Mein König, es war ein großes Problem, Euch überhaupt zu finden. Ihr verließt das Schloss ohne Eskorte und ohne irgendjemandem mitzuteilen, was Ihr vorhattet. Eure Frau war sehr erschüttert. Sie …"

„So ist sie immer. Aber ich bin der König und ich kann tun, was auch immer ich will. Sie sollte froh sein, dass ich keinen Aufstand gemacht habe, als sie meinen letzten Auftrag so vermasselt hat." Die Stimme des Königs klang genervt. „Ich musste ihren Fehler wieder einrenken. Wie konnte sie nur unsere einzige Tochter mit diesem … diesem … diesem Betrüger verheiraten!"

„Das ist genau das, was wir derzeit unters …"

„Ich musste den Schweinehund zur Hölle schicken und selbst damit bin ich ihn nicht losgeworden. Er taucht immer wieder auf."

„Ja, mein König, das haben wir verstanden, aber …"

„Kein Aber. Man kann doch wohl erwarten, dass jemand stirbt, wenn man ihn zur Hölle schickt, oder nicht?"

Duvel hatte langsam die Nase voll. Er legte einen winzigen Zauber in seine Worte, obwohl er wusste, dass seine Höllenmagie hier verdünnt war und zusätzlich von all der Technik gestört wurde. Trotzdem schickte er den Zauber mit seiner Stimme aus. „Was habt Ihr ihm befohlen, das er in der Hölle tun sollte, und wo seid Ihr jetzt?"

„In einem Boot! In einem verdammten Boot!" Der König schrie aus dem Apparat. „Und der Angestellte der Ausstrahlstation weigert sich, das Ruder anzunehmen."

Der Moderator und der König stritten sich noch weiter, aber Duvel hörte nicht länger zu. Vielleicht war so etwas ja interessant für die Zuschauer, aber er war gekommen, um Gerechtigkeit einzufordern. Doch im Moment sah es nicht so aus, als würde er sie bekommen. Fast wie der König, der den Platz einer gerichteten Seele eingenommen hatte. „Schließlich habe ich sichergestellt, dass der Nächste, der die Fähre bedienen muss, nicht so leicht erlöst werden kann, wie der letzte Übeltäter", murmelte Duvel zu sich selbst. „Mein Meister war nicht begeistert, dass er verschwunden war. Es gab einen guten Grund, warum er dort gesessen hatte. Und ich hatte eine höllische Arbeit, ihn wieder einzufangen und nach unten zu schicken."

„Was hatte er getan? Warum war er dazu verurteilt worden, anderen zu dienen?" Der Atem der Prinzessin strich über die Spitze seines linken Ohrs, was ihm wohlige Schauer über den Rücken laufen ließ. Er versuchte, nicht schneller zu atmen, aber das war nicht leicht.

Ihm war klar, dass er es ihr nicht sagen durfte, aber er konnte das Geheimnis nicht bewahren. Nicht, wenn *sie* fragte. „Er trieb seine Mutter und Schwester in den Tod, weil er sie tagein, tagaus herumkommandierte.

Sie schwanden dahin, weil sie sich für ihn aufopferten, und obwohl sie am Ende zu krank waren, um seinen Befehlen zu folgen, jagte er sie an einem kalten Wintertag hinaus, um Geld zu verdienen. Sie sollten Streichhölzer verkaufen. Sie sind beide erfroren."

„Oh wei." Die Prinzessin sah so traurig aus, dass Duvel sie unbedingt etwas aufmuntern wollte.

„Keine Sorge. Sie sind beide nach oben gekommen. Großmutter und ich spürten ihre Freude den ganzen Weg bis zu unserem Zuhause."

„Also musste er dienen?"

„Bis ihm jemand mit einer ähnlichen Schuld die Strafe abnehmen würde." Duvel nickte.

„Ich verstehe." Ein wissendes Lächeln erschien auf ihrem Gesicht. „Kein Wunder, dass Vater an seiner Stelle endete. Und kein Wunder, dass der Assistent des Moderators ihn nicht erlösen kann, selbst wenn er wollen würde."

Duvel bewunderte ihre schnelle Auffassungsgabe.

„Er hat mich betrogen, damit ich hierher komme!" Die Stimme des Königs wurde lauter und höher. „Ich verdiene es nicht, hier zu sein. Alles, was ich tat, war ihm zu sagen, er solle mir ein paar Dinge holen."

„Er hat mich losgeschickt, drei Haare vom Kopf des Teufels zu stehlen", warf Hans beinahe genauso laut wie der König ein. „Er wollte, dass ich sterbe. Die Hölle ist kein Platz für Menschen. Und all das nur für drei Haare!"

„Drei goldene Haare", sagte die Königin. „Jeder weiß, dass nur die goldenen magisch sind."

Ein Zing schoss durch Duvels Herz und er schnappte nach Luft. Endlich! Endlich hatte jemand seinen wertvollsten Besitz benannt. Sicherlich würde ihn der Moderator jetzt nicht länger daran hindern, ihn ebenfalls zu erwähnen. „Ich brauche meine goldenen Haare zurück", sagte er. „Ohne sie werden Großmutter und ich hier nicht überleben können."

Es spielte keine Rolle, dass das Publikum einstimmig stöhnte.

Es spielte keine Rolle, dass der Moderator vor sich hin murmelte: „Vielleicht wäre das das Beste."

Es spielte keine Rolle, dass ihn die Königin und Hans mit gerunzelten Stirnen ansahen.

Alles, was etwas bedeutete, war die warme Hand der Prinzessin auf seinem Arm und ihr warmes Lächeln, als sie sagte: „Ich halte das für eine vernünftige Forderung. Immerhin bleibt ein Diebstahl immer ein Diebstahl."

„Er kann nicht beweisen, dass die Haare ihm gehören." Hans stand auf und stellte sich vor Duvel. „Und jetzt weg mit dir, damit ich neben meiner Frau sitzen kann!"

„Ich denke, Sie sind an ihrer Seite nicht willkommen." Von den zarten Fingern der Prinzessin zurückgehalten, die sich durch seinen Frack und seine Haut zu brennen schienen, benutzte Duvel die einzige Waffe, die er hatte: Worte. „Mir scheint, die Prinzessin hat kein Interesse daran, die Ehefrau eines Diebs zu sein. Vielleicht, wenn Sie ein vernünftiges Handwerk erlernen würden, Tischler oder Müller zum Beispiel …"

Hans ballte die Hände zu Fäusten. Aber bevor er Duvel auch nur berühren konnte, packten zwei massige Gerichtsdiener seine Schultern.

Die Prinzessin betrachtete ihren Ehemann mit versteinertem Gesicht. „Es tut mir leid, das sagen zu müssen, aber ich fühle mich neben diesem Herrn sehr wohl."

Duvels Gesicht wurde heiß und die Haare auf seinem Körper und Gesicht zogen sich in seine Haut zurück. Es war das Seltsamste, das er je empfunden hatte; so als würden Würmer über ihn krabbeln. Und er fühlte sich nackt und verletzlich ohne seinen Pelz. Insgeheim war er auch recht froh, dass ihn der Moderator dazu überredet hatte, einen Anzug zu tragen. Er entspannte sich, so gut er konnte und sah zu, wie die beiden Ordner Hans zu seinem Platz zurückzerrten. Einer von ihnen blieb hinter dem Dieb mit dem vor Wut roten Gesicht stehen und legte ihm eine Hand auf die Schulter.

„Sie sehen erstaunlich gut aus, ohne all diese Haare." Die Stimme der Prinzessin füllte seine Ohren und ihre Worte machten ihn schwindelig. Wusste sie, welche Gefühle sie in ihm weckte? Das konnte nicht normal sein. Wahrscheinlich war es eine Art Zauber. Er zwang sich, langsam zu atmen. Wenn alle Stricke rissen, konnte er immer noch seinen Meister rufen. Das war ihm zugesichert worden, als er den Außenposten übernahm.

„Eure Majestät", die Stimme des Moderators klang angestrengt, als er versuchte, auf das Thema zurückzukommen. „Was ist denn genau passiert? Warum habt Ihr Euer bequemes Heim und Eure Euch liebende Familie verlassen?"

Nur Duvel hörte das Schnauben der Prinzessin. „Liebende Familie ist gut", flüsterte sie vor sich hin. Er fragte sich, ob er es wagen solle, ihre Hand zu drücken, aber allein bei dem Gedanken raste sein Herz und so ließ er es lieber.

„Ich hatte meine Gründe", sagte der König. „Der Punkt ist, dass ..."

Die Königin unterbrach ihn. „Ich sage Ihnen, warum er gegangen ist. Es begann damit, dass der Ehemann meiner Tochter mit den drei goldenen Haaren und zwei mit Gold beladenen Eseln zurückkehrte."

Ihre wunderbare Stimme enthielt einen scharfen Unterton, den Duvel vorher nicht bemerkt hatte. Wie zuvor weckten ihre Worte Bilder in seinem Kopf.

Von ihrem Fenster aus sah Königin Marianda ihren ungeliebten Schwiegersohn mit zwei Eseln im Schlepptau in den Schlosshof reiten. Unwillkürlich presste sie die Lippen aufeinander, bis sie nur noch eine schmale Linie waren. Hatte ihr Mann nicht versprochen, dass er kein Problem mehr sein würde? Aber da war er, wie der sprichwörtliche falsche Fuffziger. Sie seufzte und legte ihre Stickarbeit beiseite. Sicherlich würde man sie jeden Moment informieren.

Sie hatte recht. Ein Diener holte sie nur wenige Minuten später. Sie kam gleichzeitig mit Larissa und dem König im Thronsaal an. Als sie auf ihren Thronen saßen, nahm Larissa ihre Hand, beugte sich vor und flüsterte: „Ich werde nicht mein Bett mit ihm teilen."

„Das besprechen wir später", flüsterte ihr Vater zurück. Marianda drückte Larissas Hand beruhigend. Sie würde nicht zulassen, dass sie so unglücklich wurde, wie sie selbst es war.

Ihr Schwiegersohn kam mit einem breiten Grinsen auf sie zu. Die Esel hatte er mitgebracht. „Jetzt musst du aber mit mir zufrieden sein", sagte er anstelle einer Begrüßung zum König. „Ich habe nicht nur die Haare mitgebracht, die du haben wolltest, ich bin jetzt auch richtig reich." Mit diesen Worten öffnete er die Satteltaschen und enthüllte so das Glitzern von Goldstücken.

Ohne hinsehen zu müssen, fühlte Marianda, wie sich die Haltung ihres Mannes veränderte. Seine Gier triefte beinahe aus ihm heraus, während er sich die Hände rieb.

„Mein lieber Junge. Ich bin sehr glücklich dich wiederzusehen, lebend und mit so einer Überraschung. Vielen Dank für dieses wunderbare Geschenk." Er winkte einem Diener. „Bringt das Gold in die Schatzkammer."

„Auf keinen Fall." Hans' Finger verkrampften sich um die Zügel der Esel. „Das ist mein Gold."

Die Augen des Königs verengten sich zu Schlitzen und er winkte den Wachen. „Und wie stellst du dir vor, es zu behalten?"

Acht massige Kerle in den königlichen Farben traten näher und senkten die Lanzen.

Hans zog drei goldene Haare aus der Tasche. „Soll ich die wirklich benutzen?"

Mariandas Herz schien einen Schlag auszusetzen und Larissas Finger klammerten sich an ihre. Jeder wusste, dass die Magie der goldenen Haare eines Teufels mehr Unheil anrichten konnte als der schlimmste Sturm. Sie legte ihre zitternde Hand auf den Arm ihres Mannes. Auch ihre Stimme zitterte, als sie so leise sprach, dass nur ihre Familie sie hören konnte. „Bitte, Liebster, denk noch einmal darüber nach."

„Misch dich nicht ein. Es ist meine Sache, wie ich mein Königreich regiere." Seine Stimme war leise und drohend. Mariandas Herz fiel. Sie kannte die ‚Lektion' bereits, die er sie lehren würden, wenn sie später alleine waren. Trotzdem konnte sie ihn nicht jedes Lebewesen des Königreichs in Gefahr bringen lassen. Sie musste ihn zur Vernunft bringen. Mit leiser Stimme sagte sie: „Er wird seinen Reichtum mit unserer Tochter teilen. Immerhin ist sie seine Frau."

„Das stimmt sogar." Das Grinsen ihres Mannes könnte man nur wölfisch nennen. Er wandte sich wieder an Hans und sprach lauter. „Es wird mir ein Vergnügen sein, dir einen sicheren Platz für dein Gold zur Verfügung zu stellen, mein lieber Schwiegersohn.

Es wäre doch anstrengend, Tag und Nacht darauf aufpassen zu müssen."

„Du kriegst kein einziges Goldstück." Hans hielt immer noch die Haare hoch. „Hol dir deine eigenen."

Marianda spürte den Ruck, der durch ihren Ehemann ging.

„Du meinst, da ist noch mehr Gold?" Er beugte sich vor und obwohl sie seine Augen nicht sehen konnte, wusste sie, dass sie leuchteten.

„Es ist gleich auf der anderen Seite des Flusses, der dein Königreich von der Hölle trennt." Hans senkte die Haare und die Königin wagte wieder zu atmen. „Ich hatte da noch keine Esel, sonst hätte ich es mitgebracht."

„Und die Goldstücke, die du mitgebracht hast, sind woher?"

„Die waren eine Belohnung." Hans lächelte. „Ich habe ein paar Leuten geholfen und die haben mich für meine Mühe großzügig bezahlt."

„Und das Gold vor der Hölle ist genauso viel wie das hier?"

„Mehr. Es ist noch nicht zu Goldstücken verarbeitet, also bin ich mir nicht ganz sicher, aber es war eine Säule, die mehrere Meter hoch ist. Stell dir vor, die konnte sogar reden. Sie sagte, sie würde dem gehören, der Anspruch auf sie erhebt."

„Und warum hast du das nicht getan?" Der König stand auf und ging die Stufen zu Hans hinunter.

Der junge Mann zuckte mit den Schultern.

„Wie ich schon sagte, ich hatte nichts, womit ich das Gold über den Fluss und den ganzen Weg nach Hause hätte bringen können."

Wortlos starrte ihm der König in die Augen. Eine lange Zeit. Dann sagte er: „Wenn du mich anlügst, bist du ein toter Mann, Schwiegersohn oder nicht."

„Klar doch." Hans zog seine Esel vorwärts. „Und jetzt brauche ich für mein Gold einen Raum ohne Fenster, mit dicken Mauern und einer massiven Tür, die man abschließen kann."

Der König winkte einen Diener herbei und sagte ihm, wohin er Hans und seine Tiere bringen sollte. Dann wandte er sich an seine Frau und erklärte ihr, wie sie sein Königreich für die kurze Zeit führen sollte, in der er fort wäre. Bevor Marianda begriff, dass sie heute Nacht nicht geschlagen werden würde, war er bereits auf sein Pferd gestiegen und ohne Begleitung, aber mit mehreren Packpferden fortgeritten.

„Und er kam nie zurück." Die Königin beendete ihre Geschichte.

„Ich wurde hereingelegt", sagte der König. „Ich hätte wissen müssen, dass es ein Trick war, als ich die Stadt mit der Weinquelle verließ oder die Stadt mit den goldenen Äpfeln."

„Warum? Was war dort schiefgelaufen?" Die Stimme des Moderators klang scharf und Duvel begriff, wie sehr es der Mann hasste, die Zügel in seiner kleinen Scharade zu verlieren. Aber zu seiner Überraschung beobachtete der scheinbar schläfrige Richter alles ganz genau und machte sich von Zeit zu Zeit Notizen. Also entschied er sich, dem Prozess vorerst zu vertrauen.

„Als ich in der Stadt mit der Weinquelle ankam, wurde ich respektvoll begrüßt. Aber bald bemerkte ich, dass alle einen Kater hatten, sogar die Kinder." Der Mann am Apparat drehte einen Knopf, bis die Stimme des Königs den ganzen Saal füllte. „Der Stadtrat lud mich zu einem üppigen Mahl und gab mir ein angemessenes Zimmer. Als sie hörten, dass ich den jungen Mann kenne, der die Quelle von der gierigen Kröte befreite, beschwerten sie sich lautstark über ihn. Es scheint, dass er nach der Feier, als alle betrunken waren, die Stadtkasse geleert hat. Natürlich schenkte ich ihnen keinen Glauben – rückblickend hätte ich das besser tun sollen. Ich wurde ein wenig misstrauisch, als mir der Stadtrat der nächsten Stadt sagte, Hans hätte nach der Feier seines Sieges über die Maus an der Wurzel des Apfelbaums, alle Goldstücke gestohlen, die sie noch von der Prägung der letztjährigen Ernte von goldenen Äpfeln übrig gehabt hätten."

„Beide Städte gaben mir das Gold als Belohnung wegen der Rettung der Quelle und des Baums." Hans versuchte aufzustehen, aber der Gerichtsdiener hinter ihm hinderte ihn daran. „Und überhaupt. Du hast versucht, mich umzubringen. Du wusstest, dass der Teufel mörderisch gefährlich ist und ich kaum eine Chance haben würde, wenn ich in der Hölle auftauchte."

„Das ist ganz und gar lächerlich." Duvel war überrascht, wie laut seine eigene Stimme war. Sie trug bis zu den hintersten Sitzen im Saal. Er räusperte sich und sprach weiter. „Zuerst einmal bin ich weder ein Mörder noch lebensmüde. Heutzutage einen Menschen ohne ausdrückliche und schriftliche Anweisung zu töten, die sowohl von Oben als auch von Unten bestätigt wurde, ist reiner Selbstmord. Früher war das ja anders, aber seit die Höllentore geschlossen sind, dürfen wir nicht mehr direkt eingreifen. Um genau zu sein, wäre es die totale Vernichtung, dem neuen Gesetz zuwider zu handeln, denn keine der beiden Seiten würde auch nur einen Hauch von dem übrig lassen, was ich anstelle einer Seele in mir trage. Und ich bin eindeutig intelligent genug, um meine Grenzen zu kennen. Außerdem hasse ich es zu töten. Ich schaffe es ja nicht einmal, Fleisch oder Gemüse für unsere Mahlzeiten zu beschaffen. Fragen Sie Großmutter. Sie kann das bestätigen."

„Lügner!" Hans starrte ihn wütend an. „Sie sagte mir selbst, dass du ihr jeden Abend einen frischen Säugling zum Kochen bringst, und ich habe den letzten Kadaver mit eigenen Augen gesehen."

Ein kollektives, hörbares Einatmen ging durch den Saal.

Duvel seufzte und versuchte, die Hände nicht zu Fäusten zu ballen. Dieser Kerl war so dämlich. Warum hatte er seine Haare nicht einfach zurück gestohlen – aber er kannte den Grund, also zwang er sich ruhig zu bleiben. „Sie haben meine Großmutter kennengelernt.

Würden Sie sagen, dass sie irgendetwas in ihre Küche lassen würde, das sie dort nicht haben will?"

Hans' Mund öffnete sich, als wolle er antworten, schloss sich aber sofort wieder.

„Das dachte ich mir." Duvel seufzte erneut. „Ich habe den größten Teil der letzten zehn Jahre mit ihr darüber diskutiert, dass man keine Babys essen kann. Es war nämlich unmöglich, ihr welche zu beschaffen. Trotzdem bestand sie darauf. Also musste ich mogeln. Ich benutzte Magie für das Essen, das ich besorgen konnte. Natürlich hat sie es herausgefunden, nachdem Sie meine Haare gestohlen hatten und damit den größten Teil meiner Magie."

„Ich habe sie nicht gestohlen. Sie waren ein Geschenk." Hans funkelte ihn an. „Aber das würdest du ja nicht glauben, oder? Du bist so darauf fixiert, dass sie gestohlen wurden, dass du jeden als Dieb bezichtigen würdest."

„Ich weiß, was ich gefühlt habe." Duvel lehnte sich zurück, legte das rechte Bein über sein linkes und erzählte, was passiert war.

Müde und ein wenig betrunken, aber immer noch hungrig – er aß nicht mehr von dem Brei seiner Großmutter als das, was absolut notwendig war, denn seine Großmutter war keine gute Köchin – ging Duvel zu Bett. Er wünschte sich wirklich, dass er die Maus an einen besseren Baum gesetzt hätte. Die goldenen Äpfel waren ein nerviges Ärgernis. Er musste ein tiefes Loch für sie graben, aber jeden Tag tauchte ein neuer Berg Äpfel auf. *Ich sollte hingehen und das Würmchen abholen. Vielleicht finde ich einen besseren Baum mit essbaren Früchten für ihn,*dachte er, bevor einschlief.

„Autsch!" Ein scharfer Schmerz auf seinem Kopf ließ ihn sich aufsetzen. „Was war das? Großmutter? Hast du jemanden gesehen?"

„Nein, mein Lieber, habe ich nicht. Hör auf dich aufzuregen." Großmutter setzte sich im Bett neben ihm auf. „Ich habe so schön geträumt. Da war diese Stadt, wo alle so wunderbar unglücklich waren. Es war großartig. Und alles nur, weil ihre Weinquelle versiegt war."

„Vielleicht sitzt da ein Parasit in der Quelle." Duvel gähnte und legte sich wieder hin. „Wenn man nicht vorsichtig ist, trinken die mehr, als man denkt."

„Da bin ich aber froh, dass in meinem Traum niemand nachgesehen hat." Großmutters Bett knarrte. „Es hätte diesen wunderbaren Geschmack von Verlust und Unglück ruiniert."

Duvel ignorierte sie. Tief atmend schlief er wieder ein.

„Autsch!" Ein weiterer Schmerz auf seinem Kopf ließ ihn sich erneut aufsetzen. „Was war das denn schon wieder? Ziehst du mich an den Haaren, Großmutter?"

„Nicht dass ich wüsste, mein Lieber." sagte Großmutter. „Ich habe geschlafen und dieses Mal war mein Traum sogar noch besser. Da waren all diese Menschen, die den Verlust ihrer Ernte betrauerten. Sie waren wunderbar traurig, weil jemand all ihre Äpfel gegessen hatte."

„Sie hätten zwischen den Wurzeln ihres Baums nachsehen müssen, ob da ein Parasit die Kraft des Baums aussaugt." Duvel gähnte wieder und rollte sich zu einem Ball zusammen.

„Bist du verrückt? Das hätte die wunderbar traurige Stimmung ruiniert." Großmutter klang überraschend fröhlich. Während er in den Schlaf abdriftete, fragte sich Duvel, ob sie nicht den besseren Teufel abgegeben hätte. Er hatte keine Freude daran, Menschen zu verführen oder sie unglücklich zu machen.

„Autsch!" Wieder weckte ihn ein stechender Schmerz auf seinem Kopf. Dieses Mal schwang er die Beine aus dem Bett. „Ich schlafe auf den Lumpen im Wohnzimmer, Großmutter. Du wedelst heute im Schlaf zu viel mit den Armen und jedes Mal tust du mir weh."

„Das tut mir so leid, mein Süßer." Im Licht des Lavasees in der hintersten Ecke des Schafzimmers wirkte Großmutter bestürzt. „Ich träumte von diesem Mann, der dazu verdammt war, für eine Ewigkeit eine Fähre über den Fluss zu treiben, ohne Rast und mit Essen nur zweimal am Tag. Seine Verzweiflung war so süß."

„Deine Träume heute sind erstaunlich dicht an der Wahrheit, Großmutter." Duvel lachte, aber es war eher ein hilfloses was-kann-ich-schon tun-Lachen als wirkliche Freude. „Der Mann hat seine Familie tyrannisiert. Wie gut, dass er nicht weiß, dass er das Ruder nur an jemanden mit einer ähnlichen Sünde weiterreichen muss, um frei zu sein." Er stand auf. „Ich denke, ich werde heute Nacht in einem anderen Zimmer sicherer sein." Gähnend ging er aus dem Raum.

Im Wohnzimmer starrte er verblüfft in den großen Spiegel, der eine Wand bedeckte. Sein menschliches Gesicht war verschwunden, dabei hatte er viel Magie darauf verwendet. Warum wirkte sein Zauber nicht mehr? Ein Verdacht stellte sich ein und er eilte näher zum Spiegel. Die menschliche Verkleidung, die er nicht hatte aufgeben wollen, weil er sich damit so 'natürlich' fühlte, war vollständig verschwunden. Anstelle glatter, gebräunter Haut und den dunkelbraunen Haaren eines Menschen, starrte er auf seinen roten Pelz und die geschwungenen Ziegenhörner auf seinem Kopf. Und die Stelle, an der seine unendlich wertvollen, goldenen Haare sein sollten, war so kahl wie der Kopf eines Mönchs. Er heulte laut auf.

„Großmutter!" Er stürmte zurück ins Schlafzimmer. „Was hast du getan?"

Sie grinste ihn an. „Wie wunderbar! Du hast dein altes Aussehen wieder."

„Die Haare ... was hast du mit meinen goldenen Haaren gemacht?" Duvel hätte sie am liebsten erwürgt, aber es war nicht ihre Schuld, dass weibliche Teufel nicht unbedingt die klügsten Wesen auf – oder unter – der Erde waren.

„Ich? Ich habe nichts getan." Großmutter grinste zahnlos. „Aber so siehst du viel hübscher aus, mein Großer."

„Wenn du es nicht warst, muss hier ein Dieb sein." Hektisch durchsuchte Duvel das Schlafzimmer. Kissen landeten im Lavasee und verbrannten mit leisem Zischen. Decken flogen durch die Luft, dekorative Steine und viel gelesene, in Leder gebundene Bücher folgten.

Großmutter kletterte aus ihrem Bett und erklärte: „Da eine alte Frau in diesem Durcheinander nicht friedlich schlafen kann, werde ich das Frühstück zubereiten."

„Ja, mach das", murmelte Duvel gedankenverloren und fuhr mit seiner Suche fort. Zu seiner großen Überraschung war da ein fremder, sehr menschlicher Geruch im Bett seiner Großmutter. Hatte sie ... nein, das war unmöglich. Wer könnte sich in eine so verschrumpelte Hexe wie sie verlieben? Andererseits ... wenn es einen guten Grund gäbe ... Menschen waren manchmal genauso schlimm wie Teufel.

Brüllend vor Wut stürmte er in die Küche.

„Hör sofort mit dem Lärm auf." Großmutter schnauzte ihn an. „Habe ich dich so erzogen?"

„DU!" Er ballte die Hände zu Fäusten. „Du wusstest, dass da ein Mensch in unserem Heim war."

Sie klatschte in die Hände.

„Es war so lustig, ihn zu verstecken." Ihr faltiges Grinsen wäre ansteckend gewesen, wenn die Situation nicht so ernst gewesen wäre.

Zum ersten Mal in seinem Leben hatte Duvel das Verlangen, jemandem Schmerzen zuzufügen oder ihn umzubringen.

„Ich könnte dich erwürgen!" Wenn diese dusselige Frau nicht seine Großmutter gewesen wäre … Seine Hände öffneten und schlossen sich, als warteten sie nur auf sein Kommando. Ihr blasses Gesicht machte klar, wie sehr sie sich vor ihm fürchtete – es war auch das allererste Mal. Also atmete er tief durch, um sich zu beruhigen. „Wo ist der Dieb hin?"

Wortlos zeigte sie auf den Höhlenausgang in Richtung Fluss. Duvel schnappte sich einen Mantel mit einer Kapuze, ein Kleidungsstück, das sein nicht-menschliches Aussehen verdecken würde, und eilte dem Verbrecher nach. Er wusste, dass ihn der Fährmann nicht über den Fluss setzen würde, aber er war wütend genug, dass er in Betracht zog zu schwimmen.

„Ich habe eine gute Nase. Nachdem ich den Fluss auf einem selbstgemachten Floss überquert hatte, folgte ich seinem Geruch bis zum Schloss. Aber als ich die königliche Wache über den Diebstahl informierte, nahm mich niemand ernst." Er sah zu dem Richter auf. „Es schien, dass ein nicht-menschliches Wesen weniger Rechte hat als ein Mensch, ganz gleich, welches Verbrechen verübt wurde. Mir meine goldenen Haare zu stehlen, ist versuchter Mord. Der Meister wird mich von der Erde tilgen, wenn er herausfindet, dass die goldenen Haare verschwunden sind. Ich lebe sozusagen auf geliehener Zeit."

Prinzessin Larissa sah ihn mit großen Augen an.

„Kannst du ihn nicht einfach töten und deine Haare wieder an dich nehmen? Das erwarten doch alle vom Teufel."

„Ich bin nicht *der* Teufel, sondern nur einer von vielen. Und ich habe noch nie gerne getötet, mal abgesehen davon, dass ich es auch gar nicht dürfte." Duvel starrte auf seine Hände. „Also, wenn ich ihn umgebracht hätte, wäre seine Seele sicherlich in der Hölle gelandet, was mein absolutes Ende bedeutet hätte. Und wir reden hier von totaler Vernichtung. Es wäre, als hätte ich nie existiert."

Der Saal verstummte.

Überrascht hob Duvel den Blick und sah in ein Meer aus mitfühlenden Gesichtern. Wo waren der Abscheu, der Ekel, die düstere Neugier, die er vorher bemerkt hatte? Tat er diesen Menschen wirklich leid? Seine Finger kribbelten und er sah wieder nach unten. Zu seiner Überraschung hatten sich seine Krallen eingezogen und sahen nun eher aus wie menschliche Fingernägel. Was passierte hier mit ihm? Sein Kopf fuhr herum, als die Prinzessin ihre Hand auf seinen Arm legte.

„Es ist sehr mutig von Ihnen, diesen Weg zu wählen, um Ihre Haare wiederzubekommen", sagte sie und ihr strahlendes Lächeln brachte sein Herz zum Schmelzen. Wie konnte eine Person so … so … so unglaublich schön sein?

Die Prinzessin wandte sich an den Moderator.

„Ich verlange, dass der Richter versuchten Mord zu der Anklage hinzufügt."

„Du willst mich ja nur loswerden", rief Hans. „Eine Anklage wegen versuchtem Mord würde unsere Ehe annullieren, noch vor der Verurteilung. Ich verlange, dass so eine Anschuldigung nicht gemacht wird. Immerhin wusste ich nicht, dass mein Handeln unseren Herr D. hier in so große Gefahr bringen würde."

Die Prinzessin protestierte, aber Hans hielt dagegen. Die Königin fiel ein und aus dem Gerät auf dem Tischchen vor dem Moderator erklang die Stimme des Königs. Sogar die Zuschauer diskutierten die Frage. Der Lärm war ohrenbetäubend.

Duvel presste sich die Hände auf seine überraschend menschlichen Ohren. Verschwunden waren die Spitzen und sie waren an die Seite seines Kopfes gewandert, wodurch sie leichter zu verstecken waren. Wenigstens waren seine Ziegenhörner noch da.

Der Moderator warf die Hände voller Verzweiflung in die Luft. „So kann ich nicht arbeiten, wirklich nicht …"

Drei sehr laute Schläge mit dem Holzhammer auf die Unterlage auf dem Tisch des Richters brachten die Leute zum Verstummen. Als ihn alle überrascht anstarrten, sagte er: „Ich bin der Richter in diesem Fall und selbst wenn er als Unterhaltung gedacht ist, nehme ich meine Arbeit ernst. Daher verlange ich, dass Ruhe einkehrt." Alle nickten, auch Duvel. „Betreffend der Anklage wegen versuchtem Mord hebe ich mir eine Entscheidung für später auf. Lassen Sie uns jetzt fortfahren. Auf eine zivile Art und Weise."

„Ja, mein Herr." Der Stimme des Moderators klang ein wenig kleinlaut, aber als er sich wieder an Duvel wandte, war er wieder ganz der Alte. „Also, was passierte, als sie die Hauptstadt erreichten und sich an die königliche Garde wandten?"

„Wie ich schon sagte, nahmen sie mich nicht ernst. Einer machte sich sogar über mich lustig. Er dachte, ich hätte mich für eine Feier herausgeputzt." Duvel erinnerte sich zu gut an seine Empörung.

„Das ist ein verdammt gutes Teufelskostüm, aber warum verstecken Sie es?", fragte der junge Wachmann. „Sie sollten diesen dummen Umhang ablegen."

Duvel sprach mit zusammengebissen Zähnen. „Ich gehe zu keiner Feier. Jemand stahl meinen wertvollsten Besitz und ich will ihn zurück. Ich würde auch eine Bestrafung des Diebes begrüßen."

„Ihre Imitation eines Teufels ist wirklich gelungen", fügte der junge Wächter hinzu. „Wie ich schon sagte, weg mit dem Mantel und Ihr Kostüm wird umwerfend sein."

Die Wachmänner traten beiseite, als ein Reiter mit Packpferden aus dem inneren Schlosshof donnerte. Sie salutierten. Duvel erkannte, dass die Diener eine

Weile brauchen würden, um die schweren Tore zum inneren Schlosshof zu schließen, also packte er die Gelegenheit beim Schopfe.

„Prima." Er drehte sich zur Seite, um den Reiter und seine Pferde vorbeizulassen. Der Mann ähnelte dem König sehr, aber das war ja wohl unmöglich, oder nicht? Als der Reiter über die Brücke und die Hauptstraße der Stadt entlang galoppierte, rief Duvel den Wächtern zu: „Da Sie nicht daran interessiert zu sein scheinen, mir zu helfen, finde ich den Täter eben selbst." Er huschte an ihnen vorbei ins Innere des Schlosses.

„He, Moment mal! Sie haben noch keine Erlaubnis!" Der ältere Wächter rannte ihm nach, aber Duvel war schneller. Direkt hinter ihm knallten die Tore des inneren Schlosshofs zu. Er hörte den Befehl der Wache, das Tor wieder zu öffnen, und eilte schnellstmöglich weiter. Wenn er schnell genug war, würde ihn die Wache nicht erwischen.

Sein ausgezeichneter Geruchssinn sagte ihm genau, wo der Dieb entlanggegangen war. Somit war es leicht, ihm zu folgen. Er eilte durch Flure – sein Anblick erschreckte eine Zofe hier und schockierte einen Adeligen da – und wusste, dass er ihm immer näher kam. Er wusste auch, dass die Leute, die ihn sahen, den Wachen den Weg weisen würden. Aber das war egal. Vielleicht würden sie ihm endlich glauben, wenn er den Dieb fing. Zu seiner Überraschung führte die Spur des Diebs direkt durch ein vergoldetes Doppeltor in den Thronsaal, zum Podest mit den Thronen und durch eine kleine Tür im hinteren Bereich wieder hinaus. Zwei weitere Wachen standen neben der kleinen Tür, aber er ignorierte sie genauso wie das Geschrei der adeligen Damen und Herren, deren angeregte Gespräche schlagartig verstummt waren, als er durch das Tor trat. In einem Augenblick flitzte er durch die kleine Tür am anderen Ende, vorbei an den Händen der Wachen und sauste eine enge Rampe hinauf. Im Flur darüber bog er rechts ab. Er folgte noch immer dem Geruch, aber hinter sich hörte er das Stampfen von schweren Stiefeln. *Nicht viel Zeit übrig,* dachte er. *Schneller.*

Er rannte. Um die Ecke sah er einen jungen Mann, der sein Bestes gab, um durch eine Tür zu brechen.

„Dieb!" Mit aller Kraft sprang er vorwärts und krachte in den jungen Mann. Mit Duvels zusätzlichem Gewicht brach das Türschloss und die beiden stolperten in den Raum dahinter. Lange, braune Haare verschwanden unter einem Federbett, das den Schrei des Mädchens abdämpfte.

Harte Hände packten seine Schultern. „Sie sind verhaftet, weil Sie die Prinzessin angegriffen haben." Zwei Wächter zerrten ihn auf die Füße.

„Nein! Nicht der. Der andere!", schrie das Mädchen unter der Decke. „Hans hat versucht einzubrechen. Der rote Mann ist nur gegen ihn gestoßen. Ich hörte, wie er Hans anschrie, bevor sie beide durch meine Tür brachen."

„Ihr seid überreizt, Majestät." Einer der Wächter winkte die anderen aus dem Raum und sie zerrten Duvel mit sich, sodass die Stimme des Wächters langsam immer leiser wurde. „Wir werden diesen Fall untersuchen und die Verurteilung Eurem Vater überlassen, sobald er zurück ist."

Das letzte, was Duvel hörte, bevor ihn die Wächter mehrere Treppen hinunter zum Kerker schleppten, war die Prinzessin, die darauf bestand, dass der junge Mann ebenfalls eingesperrt werden solle. Als ihn die Wachen in eine halbwegs saubere, schlecht beleuchtete Zelle mit dicken Eisengittern warfen, setzte sich Duvel auf die Strohmatratze. Er war sehr zufrieden, dass es im Schloss wenigstens eine Person gab, die wusste, was für ein Lump der junge Mann war.

„Und dort fanden Sie mich drei Monate später", sagte er zum Moderator. „Ich hatte nicht erwartet, dass ich so lange leben würde, denn ich war mir sicher, dass mich der Meister lange vorher entdecken würde."

„Das hast du dir nur ausgedacht", sagte Hans. „Ich habe nur gekriegt, was mir zustand, und habe niemals etwas gestohlen."

Ein Mann im Publikum sprang auf. „Wir haben dir niemals das ganze Gold aus unserer Schatzkammer gegeben. Niemals! Nicht für die Reparatur unserer Quelle."

„Und wir auch nicht." Ein zweiter Mann sprang auf. „Natürlich waren wir dankbar, dass du die Maus entfernt hast, aber wir hätten dir niemals *all* unser Gold gegeben."

„Bitte setzen Sie sich wieder." Das Gesicht des Moderators war vor Wut verzerrt.

„Dieb!", rief der erste Mann, während der zweite eine lebenslange Haftstrafe forderte.

Bumm, bumm, bumm. Erneut hämmerte der Richter den Saal zur Ruhe. Er sprach die Abgesandten der beiden Städte an. „Ich bin von der Unruhe, die Sie in meinen Gerichtssaal bringen, nicht begeistert. Daher verurteile ich Sie zu dreißig Tagessätzen pro Nase. Jetzt schweigen Sie oder verlassen den Gerichtssaal."

Die Männer sahen sich an. Sie waren deutlich blasser geworden.

„Aber mein Herr …", sagte der erste.

„So viel Gold haben wir nicht", fügte der zweite hinzu. „Sie haben doch gehört, dass es gestohlen wurde."

Ohne viel Federlesen winkte der Richter einem Gerichtsdiener, der die Arme der beiden packte und sie trotz ihres lautstarken Protests aus dem Saal begleitete.

Als es wieder still war, sagte Hans: „Wie ich schon sagte. Mir wurde das alles geschenkt."

„Aber Sie geben zu, dass Sie Herr D.s Haare ins Schloss gebracht haben?" Der Moderator war deutlich darum bemüht, so zu tun, als sei nichts passiert. „Immerhin wurden die Haare bei Ihnen gefunden."

Duvel verkniff sich ein Grinsen. Es schien, als sei der Mann wesentlich anfälliger für Stress als irgendjemand sonst, den er kannte.

„Wie ich schon sagte. Sie waren ein Geschenk." Hans faltete die Arme vor der Brust.

„Und das Gold?" Der Moderator winkte einem Gerichtsdiener, der an der Seite stand und der Mann ging fort.

„Das war die Belohnung, weil ich die beiden Städte gerettet habe."

„Es ist schwer zu glauben, dass sie Ihnen alles gaben, was sie besaßen." Der Moderator grinste wölfisch.

Der Gerichtsdiener kehrte mit einem Kissen zurück, auf dem etwas lag, das im hellen Licht funkelte. Duvel atmete heftig aus. Er spürte den magischen Sog der Haare an seiner Kopfhaut. Nichts hätte ihm besser gefallen, als aufzuspringen, sie zu schnappen und ihre Kraft dazu zu benutzen, sich nach Hause zu zaubern. Aber er kämpfte diesen Drang nieder, denn es hätte keinen Sinn. Der Saal enthielt eine zu große Menge technischer Geräte, die seine Magie stören würden. Außerdem gehörte es sich nicht, mitten im Gerichtsverfahren fortzulaufen.

Mit einem Mal fühlten sich seine Beine seltsam und viel leichter an. Behutsam tastete er von der Hüfte an abwärts und tat so, als würde er seine Hose glätten. Seine Beine hatten sich gestreckt und bogen sich jetzt an den Knien wie bei einem Menschen. Auch war sein gespaltener Huf verschwunden. Stattdessen hatte er jetzt einen dunkelroten, menschlichen Fuß, einen Zwilling zu dem, den er schon immer hatte. Was zum … Ihm donnerte das Herz in der Brust. Was passierte hier mit ihm? Er betrachtete seine Hände und war erleichtert, dass seine knallrote Hautfarbe so wie immer war.

Bevor er sein rasendes Herz beruhigen konnte, trat ein zweiter Gerichtsdiener ein. Er schob einen Wagen mit vier Säcken darauf herein. Sie waren geöffnet und die Goldstücke funkelten im Licht. Die Zuschauer ohten und ahten.

„Meine Belohnung!" Hans versuchte aufzustehen, wurde aber wieder von dem Diener hinter ihm daran gehindert.

„Sie können es jetzt nicht haben. Es ist ein Beweisstück." Der Moderator nickte einem weiteren Gerichtsdiener an der Seite zu. „Bitte heißen Sie Bürgermeister Turnbull aus Quellstadt und Bürgermeister Creet aus Apfelberg willkommen."

Der Beifall des Publikums fiel schwach aus, so als wären sich die Menschen nicht klar, in welche Richtung es nun weitergehen würde.

Gefolgt von dem dritten Diener traten zwei korpulente Männer ein.

„Das ist unser Gold." Der Mann mit der von blonden Haaren umrahmten Stirnglatze stemmte die Fäuste in die Hüfte.

„Herr Turnbull, bitte setzen Sie sich und lassen Sie mich meine Arbeit machen." Der Moderator lächelte, aber Duvel spürte die Wut dahinter. Er war noch immer Teufel genug, um so starke Gefühle wahrzunehmen. Als die beiden Bürgermeister näher traten und sich neben Hans setzen wollten, zeigte der Moderator auf den Zeugenstand. Da nur ein Stuhl vorhanden war, stellten sich die Bürgermeister nebeneinander davor auf. Sie runzelten die Stirn.

Interessanterweise erkannte Duvel auch bei ihnen ein starkes, unterdrücktes Gefühl. Sorge? Worum sorgten sie sich?

„Stimmt es, dass dieser junge Mann", der Moderator zeigte auf Hans, „ihre Städte von Herrn D.s fehlgeleiteten Zaubern erlöste?"

Die Bürgermeister nickten gleichzeitig.

„Meinen Sie nicht, dass das eine Belohnung verdient?"

„Ja, aber doch nicht alles, was unsere Städte besitzen." Bürgermeister Creets Gesicht war vor Wut rot geworden – so rot ein Mensch eben werden konnte.

„Das ist ein klein wenig zu viel, finden Sie nicht?" Bürgermeister Turnbull warf Hans einen wütenden Blick zu.

Der Moderator lächelte und winkte dem Gerichtsdiener, der den Wagen hereingebracht hatte. Duvel hatte den Eindruck, dass ihm dieser Teil der Show sehr gefiel. Daher wandte er seine Aufmerksamkeit dem Wagen zu und betrachtete die Säcke mit dem Gold.

Der Diener packte den ersten Sack und drehte ihn um. Als Goldstücke herausfielen und über den Boden rollten, stöhnte das Publikum erneut. Aber aus Gold war nur eine dünne Schicht. Ihr folgte ein Strom dunkler, wertloser Steine. Bald war es ganz unter Steinen verschwunden. Der Diener leerte den zweiten, dritten und vierten Sack. Und bei allen war es das gleiche. Unter einer dünnen Schicht Goldstücke war der Sack mit wertlosen Steinen gefüllt.

„So eine Frechheit!" Eine Ader pochte an Bürgermeister Turnbulls Schläfe. „Wo ist unser Gold?"

„Das war ziemlich leicht zu finden. Wir mussten nur am richtigen Ort nachsehen." Der Moderator winkte erneut und vier Gardisten des Königs in ihren roten, schwarzen und goldenen Uniformen marschierten herein. „Sie sind verhaftet."

Während die protestierenden Bürgermeister von der Wache abgeführt wurden, staunten die Zuschauer lautstark und klatschten in die Hände. Als sich der Lärm wieder legte, lehnte sich der Moderator zurück und erklärte. „Da unser junger Freund", er klopfte Hans auf die Schulter, „so sehr darauf bestand, dass er das Gold der Städte nicht gestohlen habe, gab es nicht viele Möglichkeiten, wo das Gold sein konnte. Die königliche Garde fand die fehlenden Summen in den privaten Schatzkammern von Bürgermeister Turnbull und Bürgermeister Creek. Sie waren die Einzigen, die dort Zutritt hatten. Ich bin erfreut, Ihnen mitteilen zu können, dass wir das Gerichtsverfahren zu Ihrer Veruntreuung nächste Woche als besondere Spätausgabe ausstrahlen werden. Nun aber zurück zu diesem Fall. Wir müssen immer noch herausfinden, wer Herrn D.s Haare nun tatsächlich gestohlen hat." Er rieb sich die Hände. „Und dafür haben wir einen ganz besonderen Gast. Einen, der noch nie in diesem Königreich gesehen worden ist. Bitte heißen Sie mit mir des Teufels sprichwörtliche Großmutter willkommen."

Die Zuschauer applaudierten, als die winzige Figur einer verschrumpelten Frau mit Ziegenhörnern, orange-brauner Haut und einem Spitzenkleid über ihrem pelzigen Körper herein humpelte. Duvel sank das Herz in die Hose. Wenn seine Großmutter aussagte, hatte er keine Chance.

„Einspruch", sagte er, als der Applaus nachließ. „Sie ist zu alt und zerbrechlich."

„Aber klar doch", sagte Großmutter und sprang aus dem Stand fünf Meter weit, bevor sie zur gepolsterten Bank tanzte und sich mit einem breiten Grinsen neben ihren Enkel setzte. Den Zeugenstuhl ignorierte sie einfach. „Aber ich hab's noch drauf, oder?"

„Ganz eindeutig." Das Lächeln des Moderators enthüllte fast alle seine Zähne. Für eine Sekunde fand Duvel, dass er einem Hai ähnelte. „Bitte erzählen Sie in eigenen Worten, wie der Dieb in den Besitz der goldenen Haare von Herrn D. gekommen ist."

„Duvel ist ein Dummkopf." Großmutter grinste. „Lass mich überlegen. Es begann alles damit, dass sich mein nutzloser Enkel weigerte, mir ein paar dieser leckeren Kleinkinder einzufangen, die ich so sehr liebe. Selbstverständlich merkte ich, dass er Magie nutzte, um unser Essen so aussehen zu lassen, aber das ist nun einmal nicht dasselbe. Und als er anfing, seine menschliche Verkleidung die ganze Zeit zu tragen, hatte ich genug. Tagein, tagaus überlegte ich, wie ich ihm eine Lektion darin erteilen könnte, ein wahrer Teufel zu sein. Dann tauchte dieser junge Mann auf." Sie zeigte auf Hans.

Großmutter kippte etwas mehr Weizen und eine Handvoll Salz in den bereits angebrannten Brei. Wenn sie schon keine Kleinkinder bekam, konnte sie wenigstens das widerlichste Essen für Duvel zubereiten, das sie hinbekam. Der Kohlegeruch ihres Breis übertönte beinahe den Geruch des Menschen, der vom Hintereingang der Höhle hereinzog. Sie drehte sich mit einem Lächeln um. Der junge Mann, der sich gerade hinter einigen ihrer Mehlsäcke verstecken wollte, erstarrte.

„Ich … ähm … ich." Er schien sich zu fangen, denn er verbeugte sich und sagte: „Wunderschöne Dame dieser Gemächer, seid Ihr des Teufels Geliebte?"

„Nein, seine Großmutter." Großmutter leckte den eklig schmeckenden Brei von ihrem Holzlöffel und zeigte dabei ihre eindrucksvollen Zähme.

Der junge Mann schluckte. „Ich bin gekommen …"

„… um meinem Enkel die goldenen Haare zu stehlen. Ich weiß." Großmutter hängte den Löffel an seinen Platz und nahm stattdessen ein Fleischerbeil. Alle, die hierher kommen, wollen sie. Gib mir einen guten Grund, warum du derjenige sein solltest, der diese Höhle lebend verlässt?"

„Wissen Sie, dass Ihr Enkel ein Dieb ist?"

„Er ist ein Teufel. Er sollte etwas viel Schlimmeres sein als ein Dieb." Großmutter trat einen Schritt auf ihre Beute zu. Er würde einen wunderbaren Braten abgeben – und auch wenn er nicht so saftig wäre wie ein Kleinkind, würde er doch viel länger reichen. Der junge Mann blickte verzweifelt umher. Wenn er geflohen wäre, hätte sie ihn mit wenigen Sprüngen erreicht ... darin war sie trotz ihres Alters noch gut.

Aber er floh nicht. Stattdessen stemmte er die Hände in die Hüfte und verzog sein Gesicht zu dem attraktivsten Lächeln, das sie seit langem gesehen hatte. „Mag ja sein. Aber kümmert er sich um Euch auf die Art, in der eine Dame, wie Ihr es seid, zu behandeln wäre?" Er trat einen Schritt vor, nahm ihre freie Hand und blies einen Kuss darauf, als wäre er ein Adeliger. Wow! Der Junge hatte Talent. Soviel musste sie eingestehen.

„Warum? Würdest du mir jeden Tag ein Kleinkind als Abendessen besorgen, wenn du mein Enkel wärst?"

„Das wäre mir eine Ehre." Er verbeugte sich erneut. Großmutter grinste. Ihr gefiel seine Reaktion. Er log, ohne mit einer Wimper zu zucken. Sehr talentiert. Wirklich.

„Also gut", sagte sie und legte das Fleischerbeil beiseite. „Ich will dir mal glauben und dir helfen, die Haare zu bekommen. Dafür besorgst du mir wenigstens ein Kleinkind für ein gutes Abendessen." Bei diesen Worten wurde er ein wenig blass um die Nase, aber er nickte. Großmutter erbarmte sich seiner, obwohl das nicht besonders teuflisch war. „Das Kleinkind muss nicht mehr leben. Aber es muss frisch sein."

„Das ist etwas, das ich mit genügend Zeit hinbekommen kann." Diesmal war das Lächeln des jungen Mannes ehrlich.

„Wir schüttelten die Hände über diese Abmachung und ich verwandelte ihn in eine Ameise, die ich unter den Kissen in meinem Bett versteckte. In der Nacht zupfte ich die Haare von Duvels Kopf und schob sie ebenfalls unter die Kissen. Erst als Duvel begriff, was passiert war, nahm ich die Ameise und die Haare und trug sie zum Hinterausgang der Höhle. Da gab ich dem jungen Mann seine menschliche Form zurück."

Duvel drehte sich der Magen um und all sein Blut verließ seine Haut. Er wusste nicht, was er sagen sollte, also starrte er seine Hände an, die rasend schnell die Farbe verloren.

„Wie kommt es, dass du noch zaubern konntest?", fragte Hans. „Das habe ich mich schon vorher gefragt. Soweit ich weiß, ist die ganze Magie eines Teufels in diesen Haaren."

„Ich bin des Teufels Großmutter." Großmutter setzte sich so gerade hin wie sie konnte und ein hochmütiger Ausdruck erschien auf ihrem Gesicht. „Ich wurde von Magie geboren und Magie ist alles, was ich bin."

Duvel ballte die Hände zu Fäusten. „Du hast ihm *geholfen*, meine Haare zu stehlen?"

„Es hat viel Spaß gemacht und sie wachsen ja irgendwann nach." Sie grinste.

„Das waren meine magischen Haare. Sie wurden mir gegeben, damit ich die Aufgaben der Hölle erfüllen kann. Sie sind NICHT wie normale Haare. Sie werden NICHT wieder wachsen, Großmutter!" Ein Eisklumpen schien sich in Duvels Magen zu bilden. „Der Meister wird dich genauso wie mich ausradieren, wenn er erfährt, dass du dem Dieb geholfen hast."

Sie wurde sichtbar bleich, was deutlich machte, dass sie die Konsequenzen ihres Handelns nicht gekannt hatte.

Duvels Herz flog ihr entgegen. Immerhin war sie seine Großmutter und er hatte sie trotz allem gern. Seine Gedanken rasten. Was konnte er tun, um sie zu beschützen? Gab es denn niemanden, der stärker war als sein Meister? Jedenfalls nicht Großmutter und ihre wenigen Schwestern. Aber wer sonst? Eine Idee setzte sich in seinen Gedanken fest, er senkte den Kopf und flüsterte in seine Brust. „Lieber Herr von Oben. Bitte passen Sie auf meine Großmutter auf. Es ist nicht ihr Fehler, dass sie impulsiv und dumm ist. So sind nun einmal alle Teufelsgroßmütter, wie Sie ja eigentlich wissen sollten. Also passen Sie bitte auf sie auf, wenn mein Meister auftaucht." Zögernd sagte er: „Amen."

Natürlich bekam er keine Antwort, aber er fühlte sich besser.

Eine weiche, warme Hand berührte sein Handgelenk und er zuckte zusammen, als ein Schlag seinen Arm hinaufraste. Die Stimme von Prinzessin Larissa klang ihm im Ohr. „Ich finde, Sie sind ein Mann-Teufel-was-auch-immer mit einem sehr großen Herzen. Sie haben mehr Ehre im Leib als mein Ehemann."

„Bitte, mein Herr!" Eine Frau im Publikum stand auf, legte die Hand auf die Schulter der Frau neben sich und wandte sich an den Richter. „Dürfen wir bitte ein paar Worte zu Hans' Verteidigung sagen?"

„Mutter!" Hans erhob sich halb, wurde aber von dem Diener hinter sich gleich wieder niedergedrückt.

„Wer sind Sie?" Der Richter legte den Kopf schief und schien interessiert, aber der Moderator wurde vor Wut ganz rot. Es war offensichtlich, dass er es hasste, wenn sich jemand einmischte, der nicht geladen war.

„Ich bin Hans' Pflegemutter, die Frau des Müllers, und dies ist seine biologische Mutter." Sie drehte sich zu der Frau neben sich um. „Komm schon, Cecilia. Das ist deine Chance."

Duvel sah zu Hans, dem der Kiefer heruntergefallen war und dessen Augen weit geöffnet waren. Diese Entwicklung hatte ihn eindeutig überrascht. Duvel blickte wieder zu den Frauen. Die Frau neben der Müllerin stand zögernd und mit auf den Boden gerichtetem Blick auf. Sie trug fadenscheinige, aber saubere Kleidung und ihre Wangen brannten.

„Ich werfe mir immer wieder vor, dass ich nicht losgezogen bin, um Hans' Mutter zu finden, als er noch klein war", sagte die Müllerin. „Ich wusste, dass ich keine Kinder bekommen konnte, also hielt ich ihn für ein Gottesgeschenk. Erst als ich hörte, dass er wegen Diebstahl verhaftet worden war, brachte ich endlich den Mut auf, nach ihr zu suchen. Stellen Sie sich meine Überraschung vor, als ich herausfand, dass sie keinen Tagesritt von unserer Mühle entfernt wohnt. Komm schon, Cecilia. Erzähle ihnen deine Geschichte. Es ist wichtig, dass der Richter weiß, dass Hans keine Schuld trifft." Sie sah zum Richter. „Darf sie, mein Herr? Bitte."

Der Richter kratzte sich am Kinn und nickte dann.

„Bitte kommen Sie nach vorne, damit wir Sie alle hören können", sagte der Moderator, aber Duvel roch die Wut in seinem Schweiß. Die schüchterne Frau wurde rot, gehorchte aber. Mit viel Unruhe und zahlreichen Entschuldigungen schob sie sich aus der Reihe, in der sie saß, und ging zum Zeugenstuhl. Die Müllerin folgte ihr und blieb hinter ihr stehen.

Duvel hatte einen großartigen Blick auf die beiden Frauen. Die Müllerin drückte Cecilias Schulter und die Frau begann zu sprechen.

Cecilia war allein in ihrer Hütte, als der Fremde kam. Die schmerzhaften Krämpfe in ihrem Bauch ließen sie sich noch verletzlicher fühlen als sonst. Daher wagte sie es nicht, die Tür zu öffnen. Ihr Mann hatte mehrfach wiederholt, wie gefährlich die Welt in den letzten Jahren geworden war. Überall gab es Räuber und

Halunken und da sie hoch über dem Dorf leben, wo sie die Ziegen und Schafe des Dorfes hüteten, waren sie zu ungeschützt, um Risiken einzugehen.

„Es tut mir wirklich leid, mein Herr, aber ich kann Sie nicht hereinlassen." Ihre Stimme zitterte.

„Es ist so kalt hier draußen und dunkel ist es auch schon. Bitte lassen Sie mich ein." Der Mann klang so, als würde er befehlen, nicht bitten. Er machte Cecilia Angst. Zum Glück musste sie nicht noch einmal antworten, denn in diesem Moment kam die Hebamme an.

„Aus dem Weg, junger Mann", sagte sie, obwohl der Mann, den sie so ansprach, wenigstens ein halbes Jahrhundert alt sein musste.

„Ich brauche eine Unterkunft." Der Mann trat beiseite und eine kleine, goldene Krone, die in seinen Mantelkragen gestickt war, glitzerte im Licht der einsamen Laterne, die Cecilia als Wegweiser für die Hebamme aufgehängt hatte.

„Wenn Sie nicht ins Dorf hinabreiten wollen, können Sie sich gerne das Heu mit meinem Esel teilen." Die Hebamme brachte ihr Tier in den Stall und betrat das Haus, ohne den Fremden weiter zu beachten. Als sie die Tür öffnete, versuchte er, sich an ihr vorbei zu schieben, aber sie schubste ihn mit erstaunlicher Kraft und einem winzigen Zauber hinaus. Ihr Gesicht war ernst.

„Legen Sie sich nicht mit mir an, junger Mann. Auch wenn Sie der König sind, dies ist meine Domäne und ich entscheide, wer herein darf und wer nicht."

Der Mann wurde blass, drehte sich um und ging in Richtung Stall. Cecilia hörte ihn darin herumpoltern. Erst als alles ruhig wurde, wagte sie es, sich zu entspannen. Die Hebamme half ihr zurück ins Bett.

„Ist er wirklich der König?", fragte Cecilia. Eine weitere Wehe rollte über sie hinweg.

„Er ist der rechtmäßige Erbe des Nachbarkönigreichs." Die Hebamme inspizierte das saubere Leinenzeug und das heiße Wasser, das Cecilia für die Geburt vorbereitet hatte. „Aber sorge dich nicht wegen ihm. Wir müssen uns zuerst einmal um dich und dein Kind kümmern."

Die nächsten Stunden waren erfüllt von Schmerzen, Schreien und Vorfreude. Mehr als einmal wünschte sich Cecilia, sie könne ihren Ehemann treten oder beißen, weil er ihr ein Kind gemacht hatte. Doch da er vor kurzem verstorben war, war das nicht mehr möglich. Wann auch immer die Schmerzen nachließen, dachte sie daran, wie wunderbar es sein würde, eine Erinnerung an sein geliebtes Gesicht zu haben. Sie würde die beste Mutter der Welt sein, ganz egal, was sie dafür tun müsste. Sie würde Käse verkaufen und ihm beibringen, sich um die Tiere der Dorfgemeinschaft zu kümmern. Vielleicht könnte er sogar zur Schule gehen.

Als die zaghaften Schreie ihres Neugeborenen die Hütte erfüllten, war sie erschöpft und schweißgebadet. Aber nach einem einzigen Blick auf das Bündel an

Glück waren die harte Arbeit und der Schmerz nicht länger von Bedeutung. Sie streichelte die faltige, rote Stirn und der Säugling hörte auf zu weinen.

„Ich werde dich immer lieben", flüsterte sie in seine Haare.

Die Hebamme hängte dem Kleinen ein Beutelchen um. „Er wurde mit einer Glückshaut geboren. Lass sie immer um seinen Hals, dann wird sie ihn beschützen." Dann beugte sie sich über die beiden. Ein sanftes Glühen erfüllte ihre Hände. Sie strich über den Jungen und das Licht klebte an seinem Körper. „Ihm stehen interessante Zeiten bevor. Seinetwegen wird der König in deinem Stall seinen Thron verlieren, eine Königin wird jubeln und eine Prinzessin wird ihr Leben in die eigenen Hände nehmen. Er wird die Freude deiner alten Tage, aber vorher wird er dir das Herz brechen."

Cecilia sah sie mit großen Augen an. „Ist das eine Prophezeiung?"

„Es ist das Beste, was ich tun kann. Es ist nicht leicht, in ihre Zukunft zu sehen, wenn sie noch so klein sind. Zu viele Möglichkeiten." Die Hebamme räumte das Leinenzeug weg und leerte das Wasser aus. Dann legte sie noch etwas Holz aufs Feuer und befahl Cecilia, sich zu entspannen. „Ich werde morgen Nachmittag wiederkommen und nachsehen, wie es dir geht."

Cecilia nickte und konnte nicht aufhören, ihren wundervollen Sohn anzusehen. Sie bekam es kaum mit, als die Hebamme ging. Mit ihrem Sohn im Arm schlief sie ein.

Aber als sie am Morgen erwachte, war ihr wunderbarer Sohn verschwunden. Und mit ihm der König.

Weinend legte die Frau die Hände vor ihr Gesicht. Hans starrte sie immer noch fassungslos an.

„Und du dachtest, sie hätte dich ausgesetzt", sagte die Müllerin. „Dabei hat sie dich all die Jahre fürchterlich vermisst und sich die Augen nach dir ausgeweint."

„Ich ... aber ..." Hans brauchte ziemlich lange, um seine Gedanken zu sortieren. Aber dann sprang er auf, schob die Hände des Dieners beiseite und rannte zu seinen Müttern. Weinend umarmten sich alle drei.

Der Moderator betrachtete die Szene mit verkniffenem Mund, aber er riss sich zusammen und sagte zu den Zuhörern: „Es ist bedauerlich, dass sie diese herzerwärmende Wiedervereinigung zweier Mütter mit ihrem Sohn nicht sehen können. Sobald sie sich ein wenig beruhigt haben, werden wir ein Interview ..."

Mit seinen Müttern noch im Arm drehte sich Hans halb um und unterbrach den Moderator. Er sprach zu dem Apparat, der sie mit dem König in seiner Fähre verband. „Ist die Prophezeiung der Grund gewesen, warum ich sterben sollte? Hast du wirklich geglaubt, dass würde dir den Thron retten?"

„Ich habe das Recht, mich zu verteidigen. Und was ist schon das Leben eines Bettlers gegen meines?" Die Stimme des Königs dröhnte aus dem Apparat. „Du siehst ja, wozu das geführt hat. Wärst du wie beabsichtigt gestorben, säße ich jetzt nicht auf dieser Fähre fest und könnte nach Hause zurückkehren."

„Du ..." Die Müllerin wurde feuerrot und ballte die Hände zu Fäusten. „Monster! Der Teufel da drüben", sie zeigte auf Duvel, „ist menschlicher, als du es je sein wirst!"

Das Publikum klatschte lautstark und alle redeten durcheinander, bis die Königin aufstand.

„Glaub mir", sagte sie zu dem Apparat. „Der Teil der Prophezeiung über die Königin, die jubeln würde, könnte kaum wahrer sein. So sehr mir Hans als Schwiegersohn auch zuwider ist, bin ich doch froh, dass er dafür gesorgt hat, dass du nie wieder nach Hause kommen kannst. Ohne dich wird mein Leben so viel leichter sein."

Das wütende Geheul des Königs wurde zu einem leisen Hintergrundgeräusch, als der Diener hinter dem Apparat einen Knopf drehte. Das Raunen der Zuschauer ging weiter und der Moderator schaffte es nicht, die Menge zu beruhigen.

Duvel lehnte sich mit einem traurigen Lächeln zurück. Sein Meister hatte recht. Menschen brauchten keine Teufel, um sich gegenseitig das Leben zu versauen. Er warf einen Blick auf die Prinzessin. Larissa beobachtete ihren Ehemann und seine beiden Mütter mit einem nachdenklichen Stirnrunzeln. Er wünschte sich, er könne ihre Gedanken lesen. Überdachte sie vielleicht ihre Gefühle? Bei dem Gedanken zog sich sein Herz zusammen, als würde es von einem Riesen zerquetscht.

Nein! Er durfte sein Leben nicht von Gefühlen beherrschen lassen. Es war jetzt schon kompliziert genug.

Schnell sah er zur Großmutter, die die Augen geschlossen hatte und die Hände auf die Ohren presste. Sie war schon immer lärmempfindlich gewesen.

Bumm. Mehrfache Schläge mit des Richters Hammer riefen das Publikum und alle anderen zur Räson. Schnell wurde es wieder ruhig.

„Ich denke, es wird Zeit für mein Urteil", sagte der Richter. „Und dieses Mal muss ich mich nicht zurückziehen, um darüber nachzudenken."

Alle Augen richteten sich auf den korpulenten Mann in der roten Robe. Duvels Herz raste wie eine dieser Dampfmaschinen, die bei den Menschen jetzt so beliebt waren. Er musste seine Haare einfach zurückbekommen. Der Richter hatte doch sicher gesehen, dass er im Recht war. Aber er schwieg und lauschte.

Der Richter hievte seinen schweren Körper aus dem bequemen Sessel, in dem er die ganze Zeit gesessen hatte, und stand aufrecht hinter seinen Massivholztisch, um zu sprechen. „Da wir zusammengekommen sind, um das oder die Verbrechen zu beurteilen, die mit Herrn Duvel und Hans Namenlos zusammenhängen, ist es nicht meine Aufgabe, ein Urteil über den König abzugeben. Ich muss aber zugeben, dass ich von der Entwicklung recht angetan bin. Mir scheint, er hat sein Los verdient.

Ich bin ausgesprochen glücklich darüber, dass dieser verkommene und wahrhaft bösartige Mann nicht länger unser Königreich regiert und ich wünsche Königin Marianda und Prinzessin Larissa die Kraft, die sie brauchen werden, um zurechtzukommen." Er verbeugte sich. Als er sich wieder aufrichtete, schwabbelten seine Fettrollen. „Ich bin ebenso erfreut darüber, dass Hans seine biologische Mutter wiedergefunden hat, und dass sie nicht die verantwortungslose Frau ist, für die wir sie alle gehalten haben." Er verbeugte sich erneut und setzte sich dann wieder, was ihn sichtlich entspannte. Er wischte sich mit einem grünen Taschentuch über die Stirn. „Nun gut. Wo wir das nun aus dem Weg haben, lassen Sie uns zu meinem Urteil kommen. Ganz unabhängig davon, dass Hans Namenlos tatsächlich von unserem ehemaligen König angestiftet wurde, ein Verbrechen zu begehen, hätte er die innere Reife haben müssen, die Aufgabe abzulehnen. Zum Glück ist bisher noch niemand ernsthaft zu Schaden gekommen, aber seine Moral lässt doch sehr zu wünschen übrig. Um dem Königreich einen weiteren König wie den, den wir gerade losgeworden sind, zu ersparen, erkläre ich die Ehe von Hans Namenlos und Prinzessin Larissa für ungültig."

Die Zuschauer tobten. Duvel drehte sich zur Prinzessin um und nickte ihr mit seinem besten Lächeln zu. Sie strahlte vor Glück und ihr breiter Mund teilte ihr Gesicht beinahe in zwei Hälften. Für Duvel war es das Schönste, was er je gesehen hatte.

Sie nahm seine Hand, drückte sie und flüsterte: „Viel Glück."

Sie sahen beide zurück zum Richter, der weitersprach, sobald der Applaus halbwegs verklungen war. „Zu den goldenen Haaren ... Herr Duvel, mir ist durchaus klar, wie sehr Sie diese Haare brauchen. Sie scheinen unabdingbar für die Arbeit eines Teufels. Aber wir haben bereits genügend Teufel in unserem Königreich. Daher befehle ich, dass diese Haare in Verwahrung genommen werden solange es nötig ist. Sie können ..."

Er wurde von einer roten Explosion in der Mitte des Saals unterbrochen. Als sich der Rauch verzog, stand ein elegant gekleideter Mann mit großen, weißen Schwingen vor dem Richtertisch, dem er den Rücken zugewandt hatte, und betrachtete die Zuschauer. Ein hörbares Einatmen ging durch den Saal. Duvels Hände flogen zu seinem Mund. Das war's. Sein Ende. Sein Meister hatte ihn gefunden.

„Wie ich sehe, komme ich gerade rechtzeitig, um mein eigenes Urteil zu sprechen." Der Gefallene sprach mit einer überraschend melodiösen Stimme, als er die drei goldenen Haare an sich nahm. Er wandte sich mit rotglühenden Augen an Duvel. „Du, Duvel, bist meine größte Enttäuschung. Nicht nur ist es dir nicht gelungen, deiner Großmutter die schmackhaften Kleinkinder zu besorgen, nach denen sie so verlangt, du hast auch bei jeder einzelnen bösen Tat, die du ausgeheckt hast, gemogelt. Stets gab es eine Hintertür, durch die die Menschen ihre Seelen zurückfordern konnten. Selbst um mein großzügiges Geschenk zurückzubekommen", er streichelte die goldenen Haare, „wähltest du diese … diese Farce anstatt das Recht in deine eigenen Hände zu nehmen. Ein Mord oder wenigstens ein anständiger Diebstahl hätten mich sehr erfreut. Du bist eine Schande. Wenn ich mir nicht ganz sicher wäre, dass du keine Seele haben kannst, würde ich sagen, du bist ein Mensch." Er machte einen Schritt auf Duvel zu. „Steh auf, wenn ich mit dir rede."

Duvel schoss trotz seiner zitternden Knie auf die Füße.

„Ich habe mich dazu entschlossen, nicht nur dich zu verurteilen, sondern alle, die hier", er winkte mit der Hand, was alle Menschen im Saal einschloss, „als Strafe dafür, dass sie es wagten, sich in einen Fall einzumischen, der ganz allein meiner Jurisdiktion unterliegt. Und mein Urteil ist der Tod!"

Rote Funken regneten von der Decke herab. Menschen kreischten, wenn einer auf ihnen landete. Panik brach aus, als klar wurde, dass die Türen verschlossen waren und niemand heraus konnte. Der Gefallene lachte, was den Saal mit Angst und Duvels Herz mit Trauer füllte.

Er trat vor, so weit er sich traute und ließ sich auf ein Knie nieder. „Ich bitte Euch, oh Großartigster aller Großartigen, verzeihe diesen Menschen. Wie Ihr so gewandt ausdrücktet, ist die ganze Angelegenheit die Schuld meines unangebrachten Verhaltens. Bestraft mich, wie auch immer Ihr es für richtig erachtet.

Verstreut mich in alle Winde, wenn Ihr wollt, aber bitte verschont die Menschen und meine Großmutter."

Die Funken erstarrten. Sie hingen in der Luft wie kleine Sonnen. Alle Menschen drehten sich um und starrten Duvel und den Gefallenen an.

„Bitte", wiederholte Duvel.

„Du bettelst um Gnade?" Die melodische Stimme klang bedrohlich.

„Nicht für mich." Duvel wusste, dass er nicht mehr aufstehen konnte. Seine Beine zitterten vor Angst zu stark. Wie lange würde es schmerzen, in alle Winde verstreut zu werden? Sein Mund wurde trocken

„Ich will …", begann der Gefallene, aber ein helles Licht, das von Duvel ausging, unterbrach ihn mitten im Satz. Es dehnte sich nach außen aus und ließ Duvel verändert zurück. Sein Kopf fühlte sich plötzlich ganz leicht an und als er ihn vorsichtig abtastete, waren seine Hörner verschwunden. Das Licht wanderte durch den Saal, löschte Funken aus und beruhigte panische Menschen. Als es über den Gefallenen strich, zischten die goldenen Haare in seiner Hand und verbrannten.

Die Augen des Gefallenen wurden weit und brannten roter als je zuvor. „ER gab dir eine Seele? Dieser Betrüger!" Er verschwand in einer Flamme, die hoch genug war, an der Decke zu lecken.

Duvel starrte auf seine Hände. Seine Haut zeigte nicht mehr die geringste Spur von Rot. Als er aufsah, blickte er direkt in das Gesicht der Prinzessin. Ihre Augen spiegelten ein Mitgefühl, das er so noch nie erfahren hatte, und das dampfmaschinenartige Hämmern in seiner Brust begann von Neuem, diesmal aber aus einem anderen Grund.

„Mist", sagte Großmutter. „Und er versorgt mich jetzt?"

„Das könnte ich tun, wenn du meine Mütter auch mitnehmen würdest", schlug Hans vor, die Arme immer noch um beide Mütter gelegt. „Aber lebende Kleinkinder gibt es nicht."

„Na gut." Mit einem entschiedenen Nicken packte Großmutter seine Hand. Puff! Die ganze Gruppe verschwand in einem gelben, nach faulen Eiern stinkenden Nebel.

Der Moderator raufte sich die Haare. „So kann ich nicht arbeiten. Nein, wirklich. So nicht! Wie soll ich unseren Zuhörern das ohne gutes Skript beschreiben? Idioten, ihr alle …"

Er schimpfte weiter und Duvel lächelte. Er bot der Prinzessin seinen Arm an und gemeinsam verließen sie die Bühne. Der Richter winkte ihnen nach und Duvel zwinkerte ihm zu.

Ein Spiegel in einer Ecke hinter der Bühne zeigte ihm sein neues Aussehen. Er war sicherlich nicht der attraktivste männliche Mensch, dem er je begegnet war, aber der Blick der Prinzessin lag mit Bewunderung auf ihm, und sogar ihre Mutter, die ihnen gefolgt war, wirkte zufrieden.

„Wohin werden Sie jetzt gehen?", fragte ihn Prinzessin Larissa.

Er zuckte mit den Schultern. „Das weiß ich noch nicht, liebste Prinzessin. Ich vermute, ich werde mich neu orientieren müssen. Ist es schwierig, ein Mensch zu sein?"

„Ich würde es dir sehr gerne beibringen", sagte sie mit einem Lächeln, das sogar noch breiter war, als das bei dem Richterspruch. „Aber dann musst du mich endlich duzen."

„Wir haben reichlich Platz im Schloss", sagte die Königin. „Es wäre uns eine Ehre, wenn Sie einige Zeit bei uns verbringen würden."

Duvel verbeugte sich, so gut er konnte, ohne den Arm der Prinzessin loszulassen.

Als sie das Gelände des Senders verließen, war er wohl der Einzige, der einen der Mitarbeiter zu einem anderen sagen hörte: „Wetten, dass sie die königliche Hochzeit ausstrahlen werden, sobald die neue Technik dafür reif ist?"

Dieses Mal war Duvels Lächeln genauso breit wie das seiner Prinzessin.

BONUS-GESCHICHTE: BEAS WOLF

angelehnt an „Rotkäppchen"

Bea zog die Mütze ihres roten Umhangs tiefer in die Stirn, um den Regen davon abzuhalten, sie zu durchweichen, bevor sie sich überhaupt auf den Weg zu ihrer Großmutter gemacht hatte. Zum Glück war es zum Gasthof nicht weit und sie erreichte ihn in Rekordzeit. Martin stand unter dem Dachüberhang und wartete anscheinend. Als er sie sah, ging ein glückliches Lächeln über sein Gesicht. Ihr wurde das Herz schwer. Warum musste er jedes Mal, wenn sie kam, hier stehen?

„Hallo Rotkäppchen." Seine Stimme brachte ihr Herz zum Singen, doch dass durfte er auf keinen Fall wissen.

„Ich heiße Bea." Mit gerunzelter Stirn zog sie ihren Umhang enger und versuchte, ohne das übliche Gespräch an ihm vorbeizugehen, aber er blockierte die Tür.

„Wirst du diesmal mit mir zu Mittag essen?"

Sie hätte zu gerne ja gesagt, aber das war unmöglich. Mit einem Seufzer sagte sie: „Du bist noch immer der Assistent des Jägers." Bisher hatte das genügt, um ihn zu entmutigen, sodass er beiseite trat – aber heute nicht.

„Was ist so falsch daran?" Sein glattrasiertes Gesicht zeigte Verwirrung und eine Prise Wut. Er roch verführerisch nach Seife und Schweiß. Wenn sie ihn nur in die Arme nehmen und auf ein Lager aus Moos und Farn ziehen könnte. Er beugte sich vor und sein appetitlicher Geruch ließ ihr Herz noch schneller schlagen. Seine Stimme streichelte ihre Ohren.

„Dein Vater war auch Jäger."

Bea schloss die Augen und atmete tief durch, bis sie sich wieder im Griff hatte. Vielleicht gelang es ihr, ihn ein für alle Mal loszuwerden. Sie öffnete die Augen und trat so dicht an ihn heran, dass sie hören konnte, wie sein Herz schneller schlug. Sie war dicht genug für einen Kuss, doch sie schüttelte diesen Gedanken ab. Sie wollte ihn loswerden und nicht seine Schwärmerei verstärken.

Sie zwang sich, den härtesten Tonfall zu benutzen, den sie beherrschte, und sagte: „Vater jagte nur den Überschuss der Natur. Trophäen interessierten ihn nicht und er verkaufte auch das Fleisch, der von ihm gejagten Tiere, nicht. Dein Meister ist anders. Er hängt sich ausgestopfte Tierköpfe an die Wand, sein Hof stinkt nach faulendem Fleisch und abgezogenen Pelzen, und er beherrscht nicht einmal die Grundlagen der natürlichen Kreisläufe. Du lernst von einem Mann, der die Regeln der Natur ignoriert, und ich kann und werde nicht mit jemandem ausgehen, der diesen Weg gewählt hat."

„Kannst du mir nicht die Regeln deines Vaters beibringen? Er hat doch sicher mit dir darüber geredet." Offensichtlich hatte Martin beschlossen, ein Nein nicht länger zu akzeptieren. Also musste sie deutlicher werden.

„Ich werde erst mit dir ausgehen, wenn dein Meister nicht länger in diesem Wald jagt." Sie stand so gerade sie konnte und sah ihm in die Augen. Sie starrten sich eine Weile schweigend an, bis er den Blick abwandte und beiseite trat.

Bea öffnete die Tür und betrat den schlecht beleuchteten Schankraum. Sie roch drei Männer und den Wirt, bevor sich ihre Augen an das Halbdunkel gewöhnt hatten. Es wurde wirklich dringend, Großmutter zu besuchen.

„Ah, Rotkäppchen! Das Übliche?" Die Stimme des Wirts war so ölig wie immer. Sie spürte seinen Blick an ihrer durchweichten Bluse kleben und zog den Umhang dichter um ihre Schultern. *Dreckiges Schwein*, dachte sie, nickte aber mit einem Lächeln. Er eilte auf die Treppe zu, die in den Weinkeller führte.

„Deine Oma muss dir bald mal einen neuen Umhang filzen. Sonst müssen wir dich Rotwinzling nennen", sagte der Jäger und lachte. Die beiden Bauern, mit denen er Karten spielte, fielen ein. Dadurch angestachelt fuhr der Jäger fort: „Vielleicht sollte ich dich zu deiner Oma begleiten. Schließlich sollte eine holde Maid beschützt werden, wenn sie den gefährlichsten Wald des Königreichs betritt. Stimmt's?"

Einer der Bauern nickte.

„Ich habe gehört, dass der Freund meines Freundes dort neulich sogar einen Wolf gesehen hat."

Der zweite Bauer beugte sich vor.

„Ich dachte, die wären ausgerottet."

„Nicht in diesem Wald." Ein gieriger Unterton klang in der Stimme des Jägers mit. „Und bald werden ihre Pelze mir gehören."

Bea ballte die Hände zu Fäusten und versuchte, nicht auf die Männer zu achten. Zum Glück kehrte der Wirt mit ihrer Bestellung zurück. Sie reichte ihm drei Kupfermünzen für die Flasche Wein und ging, so schnell sie konnte. Sie zog den Regen und die Stille, die er verursachte, der muffigen Wärme und dem abfälligen Gerede in der Schänke vor. Erleichtert eilte sie an Martin vorbei und achtete nicht auf seinen Ruf. Daheim schüttelte sie ihren Umhang aus, hängte ihn zum Trocknen auf und ging in die Küche, um die Lebensmittel für ihre Großmutter zu holen.

„Bea?" Mutter stand am Herd und sah sie mit hochgezogenen Augenbrauen an. „Ich dachte, du wärst längst unterwegs. Es wird bald dunkel."

„Das weiß ich, Mutter. Martin hat mich aufgehalten. Tut mir leid." Bea legte den Wein in den Korb und fügte frisch gebackenes Brot, Butter, Marmelade, einen halben Käse, eine Wurst, Kartoffeln und Mehl hinzu. „Soll ich auch Zucker und Salz mitnehmen?"

Mutter nickte, also packte sie beides ein. Dann umarmte sie ihre Mutter und verabschiedete sich. „Nächste Woche bin ich wieder zurück."

„Sei vorsichtig und geh nirgends hin, wovor dich dein Vater warnen würde." Mutters Lächeln war traurig, als sie Bea über das rotbraune Haar strich. „Manchmal wünschte ich, er hätte dir seine Talente nicht hinterlassen."

„Es ist nun mal, wie es ist." Bea warf sich den noch feuchten Umhang erneut über die Schultern, nahm den Korb und verließ das Haus. Sie konnte ihrer Mutter nicht erklären, wie sehr sie es genoss, Vaters spezielles Talent geerbt zu haben. Sie würde es nicht verstehen. Aber Großmutter tat es, obwohl sie bereits zu alt war, um den Spaß mit ihr zu teilen. Mit federnden Schritten eilte Bea auf den Wald zu.

Der sanft fallende Regen reinigte die Luft. Die Bäume rochen frischer und würziger als sonst und Bea hätte am liebsten getanzt. Sie hatte den Wald schon immer geliebt und fühlte sich ihm verbunden. Jeder Besuch des Jägers war wie ein Verbrechen gegen sie selbst.

Sie knurrte bei dem Gedanken und versuchte, die Erinnerung abzuschütteln, als sie ein antwortendes Knurren zu ihrer Linken hörte. Sie stellte den Korb auf einen Baumstumpf und verließ den Weg. Mit ihrer zierlichen Figur war es leicht, sich durch das

Unterholz zu schlängeln, ohne viel zu beschädigen. In einer Stunde würde niemand mehr sehen können, wo sie entlanggegangen war. Der Bewuchs dünnte aus, je tiefer sie in den Schatten der großen Bäume kam. Bald fand sich Bea auf einem Wildwechsel. Das Knurren wiederholte sich, gefolgt von einem Winseln. Sie wendete sich nach links und bog ab.

Ein wütender Schrei entfloh ihren Lippen, als sie eine Wölfin in einer eisernen Falle sah. Das Fell an ihrem Vorderlauf war blutgetränkt, wo ein Knochensplitter die Haut durchbohrte. Ohne zu zögern trat Bea auf die Wölfin zu. Für sie war es völlig normal, dass das Tier keine Angst zeigte. Mit Wölfen kannte sie sich aus.

„Wir holen dich da raus. Keine Sorge." Die Wölfin hörte auf zu zittern und sah zu, wie Bea die Falle untersuchte. Es war eine illegale, denn sie tötete die gefangenen Tiere nicht beim Zuschnappen. Glücklicherweise war sie leicht zu öffnen.

„Du musst jetzt tapfer sein. Das wird sehr wehtun", sagte sie zu der Wölfin. Das Tier winselte, aber Beas Stimme schien sie zu beruhigen. Bea streichelte ihren Rücken und runzelte die Stirn, als sie die geschwollenen Zitzen bemerkte. Feuer raste durch ihre Adern und sie hätte den Jäger am liebsten in Stücke gerissen, weil er eine säugende Wölfin erwischt hatte. Wie sollten die Jungen ohne ihre Hilfe überleben? Sie packte die Schenkel der Falle und nutzte ihre Wut, um sie mit ihren schlanken Armen auseinanderzubiegen. Die Falle öffnete sich kreischend.

Die Wölfin wurde bewusstlos. So vorsichtig wie möglich nahm Bea das gebrochene Bein aus der Falle, bevor sie sie mit einem Zweig wieder zuschnappen ließ. Dann blickte sie zum Himmel hinauf und sagte: „Dafür wird der Jäger bezahlen. Das schwöre ich."

Zärtlich hob sie die verletzte Wölfin auf und drängelte sich durch das Unterholz zurück zu ihrem Korb. Es war ein wenig umständlich, die Wölfin und den Korb zu tragen, aber es gelang ihr. Zum Glück war es nicht mehr weit bis zu Großmutters Lichtung.

Die alte Dame kümmerte sich rührend um die verletzte Wölfin. Gemeinsam stoppten sie die Blutung und schienten das Bein. Das Tier kam nicht zu sich, was vermutlich besser war. Bea betrachtete sie, als sie in Großmutters Bett schlief.

„Wie lange wird sie brauchen, um sich zu erholen?"

„Ein paar Wochen." Großmutter schnitt ein Stück Rehfleisch in Stücke und warf es in die Suppe, die über dem offenen Feuer hing. „Sie hatte Glück, dass sie das Bein nicht verliert. Du musst die Kleinen finden und herbringen."

„Der Mond geht gleich auf." Bea sah aus dem Fenster und zuckte zurück, als sie zwei Schatten bemerkte, die auf das kleine Haus auf der Lichtung zukamen. „Die Jäger kommen!"

Großmutter eilte zum Bett, um die Bettvorhänge zu schließen, aber sie war nicht schnell genug. Der Jäger und sein Assistent traten ohne zu klopfen ein und sahen die Wölfin. Sofort hob der Jäger sein Gewehr. Großmutter drehte sich um und breitete die Arme aus.

„Lasst sie in Ruhe. Sie hat Welpen."

„Geh zur Seite, alte Schachtel. Das Vieh ist eine Gefahr." Der Jäger signalisierte Martin, er solle die zierliche alte Dame beiseiteschaffen.

„Martin, nicht." Bea trat einen Schritt auf den jungen Mann zu und er zögerte.

„Warum sollte ich? Wölfe sind gefährlich."

„Nicht wenn man sie da leben lässt, wo sie hingehören. Wölfe meiden Menschen. Sie greifen nur an, wenn sie in die Enge getrieben werden." Bea wusste, dass ihre Stimme bettelnd klang, konnte es aber nicht ändern.

„Sie rotten die Tiere aus, die wir fürs Überleben brauchen", sagte der Jäger. „Und nun geh beiseite, damit ich tun kann, was getan werden muss."

Bea trat zu ihrer Großmutter, drehte sich um und sah zu dem kleinen Fenster hinter dem Jäger. Das erste Licht des Vollmondes erhellte bereits den Nachthimmel. In einem Moment würde er sich über die Baumwipfel schieben und in den Himmel steigen.

„Das stimmt nicht", sagte sie. Ihr Herz raste. *So sieht also das Ende von Martins Liebe für mich aus.* Der Gedanke ließ Regen auf ihre Seele fallen. Da der Mond unablässig höher stieg, konnte sie das Geheimnis ihres Vaters nicht länger geheim halten, und das würde seine Gefühle für sie schlagartig abtöten. Sie schluckte. Trotzdem musste sie für ihre Freundin, die Wölfin, Zeit schinden. „Wie bei allen Raub- und Beutetieren bestimmt stets die Beute, wie viele Raubtiere überleben können. Die Größe der Population der Beutetiere wird vom Nahrungsangebot und der Anzahl der Verstecke bestimmt. Ein Raubtier kann niemals seine Beutetiere ausrotten. Nur der Mensch kann das, indem er ihre Lebensräume zerstört."

„Ist mir scheißegal. Ich will diesen Wolf und wenn ihr nicht freiwillig beiseite geht, werde ich euch zwingen." Der Jäger hob den Schaft der Waffe an die Wange. „Martin, schaff sie weg."

Martin trat zögernd einen Schritt auf Bea und ihre Großmutter zu, als Mondlicht das Zimmer flutete. Die Zeit war da. Bea weinte still in sich hinein, ließ den Traum von einem Leben mit Martin auf der Flut ihrer Tränen davonschwimmen, während sich ihr Körper veränderte. Ihre Fingerknochen verlängerten sich, ihre Hüfte wurde schmaler und ihr Mund streckte sich zu einer Schnauze.

Die Aromen der Nacht intensivierten sich noch mehr als bisher und der Angstgeruch des Jägers wusch über sie hinweg. Ein Schuss erklang, aber er verfehlte Bea, Großmutter und sogar das Bett. Der Jäger taumelte rückwärts, das Gesicht bleich wie der Tod. Die Waffe rutschte ihm aus der Hand. Bea trat einen Schritt vor und sah Martin an. Die Augen des jungen Mannes waren groß wie Untertassen, aber er hatte nicht nach seiner Waffe gegriffen. Für Bea roch er nicht nach Angst, nur nach Überraschung. Vielleicht ließ er sie vorbei. Hoffnung erfüllte sie. Wenn sie schon die Wölfin nicht retten konnte, konnte sie vielleicht wenigstens ins Freie gelangen und den Welpen helfen. Sie machte einen weiteren Schritt auf den Ausgang zu – und auf den Jäger. Er gurgelte und fiel zu Boden. Mit einem Mal roch er nicht mehr wie ein normaler Mensch. Ein Unterton von Tod klebte an seinem Körper. War es möglich, dass er aus Schreck vor ihrer Verwandlung gestorben war? Bea schüttelte den Kopf. Und wenn, dann war es ein natürlicher Tod, den sie zu ihrem Vorteil nutzen musste. Mit zwei langen Sätzen sprang sie über ihn hinweg und schlüpfte durch die Tür.

„Bea, warte!" Martin rannte ihr nach. „Bitte, Bea. Ich muss mit dir reden."

Als sie über ihre Schulter sah, merkte sie, dass er sein Gewehr und sein Jagdmesser fortgeworfen hatte. Unbewaffnet rannte er ihr nach. Sie blieb stehen, drehte sich um und erlaubte ihm, sie einzuholen.

„Danke." Schnaufend stützte er die Hände auf den Knien ab, um zu Atem zu kommen. „Der Jäger ist tot und so bin ich nicht länger sein Assistent. Außerdem steht nächste Woche meine Meisterprüfung an und ich bin mir sicher, dass mir der König die Aufsicht über diesen Wald übertragen wird. Wirst du mir beibringen, wie dein Vater gejagt hat?" Seine Augen bohrten sich in ihre und ein wohliger Schauer durchrieselte sie, als er weitersprach. „Ich möchte immer noch mit dir ausgehen, aber vielleicht nicht zum Essen."

Eine kleine Flamme entzündete die Hoffnung in ihrem Herzen. Sie sah zum Haus zurück, und er verstand.

„Die Wölfin lebt noch. Deine Großmutter kümmert sich um sie. Wirst du mir eine Chance geben?"

Sie nickte. Es würde bestimmt interessant, jemanden zu haben, mit dem sie Vaters Geheimnisse teilen konnte, aber jetzt hatte sie Dringenderes zu tun. Sie leckte seine Hand und rannte in den Wald, um die Welpen zu finden und heimzubringen.

DAS ORIGINAL: DER TEUFEL MIT DEN DREI GOLDENEN HAAREN

von den Brüdern Grimm
Dieser Text benutzt altmodische Rechtschreibung

Es war einmal eine arme Frau, die gebar ein Söhnlein, und weil es eine Glückshaut umhatte, als es zur Welt kam, so ward ihm geweissagt, es werde im vierzehnten Jahr die Tochter des Königs zur Frau haben.

Es trug sich zu, dass der König bald darauf ins Dorf kam, und niemand wusste, dass es der König war, und als er die Leute fragte, was es Neues gäbe, so antworteten sie: „Es ist in diesen Tagen ein Kind mit einer Glückshaut geboren: was so einer unternimmt, das schlägt ihm zum Glück aus. Es ist ihm auch vorausgesagt, in seinem vierzehnten Jahre solle er die Tochter des Königs zur Frau haben."

Der König, der ein böses Herz hatte und über die Weissagung sich ärgerte, ging zu den Eltern, tat ganz freundlich und sagte: „Ihr armen Leute, überlasst mir euer Kind, ich will es versorgen." Anfangs weigerten sie sich, da aber der fremde Mann schweres Gold dafür bot und sie dachten: „Es ist ein Glückskind, es muss doch zu seinem Besten ausschlagen," so willigten sie endlich ein und gaben ihm das Kind.

Der König legte es in eine Schachtel und ritt damit weiter, bis er zu einem tiefen Wasser kam; da warf er die Schachtel hinein und dachte: „Von dem unerwarteten Freier habe ich meine Tochter geholfen."

Die Schachtel aber ging nicht unter, sondern schwamm wie ein Schiffchen, und es drang auch kein Tröpfchen Wasser hinein. So schwamm sie bis zwei Meilen von des Königs Hauptstadt, wo eine Mühle war, an dessen Wehr sie hängen blieb. Ein Mahlbursche, der glücklicherweise da stand und sie bemerkte, zog sie mit einem Haken heran und meinte grosse Schätze zu finden, als er sie aber aufmachte, lag ein schöner Knabe darin, der ganz frisch und munter war. Er brachte ihn zu den Müllersleuten, und weil diese keine Kinder hatten, freuten sie sich und sprachen: „Gott hat es uns beschert." Sie pflegten den Findling wohl, und er wuchs in allen Tugenden heran.

Es trug sich zu, dass der König einmal bei einem Gewitter in die Mühle trat und die Müllersleute fragte, ob der grosse Junge ihr Sohn wäre. „Nein," antworteten sie, „es ist ein Findling, er ist vor vierzehn Jahren in einer Schachtel ans Wehr geschwommen, und der Mahlbursche hat ihn aus dem Wasser gezogen." Da merkte der König, dass es niemand anders als das Glückskind war, das er ins Wasser geworfen hatte, und sprach: „Ihr guten Leute, könnte der Junge nicht einen Brief an die Frau Königin bringen, ich will ihm zwei Goldstücke zum Lohn geben?"

„Wie der Herr König gebietet," antworteten die Leute, und hiessen den Jungen sich bereit halten. Da schrieb der König einen Brief an die Königin, worin stand: „Sobald der Knabe mit diesem Schreiben angelangt ist, soll er getötet und begraben werden, und das alles soll geschehen sein, ehe ich zurückkomme."

Der Knabe machte sich mit diesem Briefe auf den Weg, verirrte sich aber und kam abends in einen grossen Wald. In der Dunkelheit sah er ein kleines Licht, ging darauf zu und gelangte zu einem Häuschen. Als er hineintrat, sass eine alte Frau beim Feuer ganz allein. Sie erschrak, als sie den Knaben erblickte, und sprach: „Wo kommst du her und wo willst du hin?"

„Ich komme von der Mühle," antwortete er, „und will zur Frau Königin, der ich einen Brief bringen soll; weil ich mich aber in dem Walde verirrt habe, so wollte ich hier gerne übernachten."

„Du armer Junge," sprach die Frau, „du bist in ein Räuberhaus geraten, und wenn sie heim kommen, so bringen sie dich um."

„Mag kommen, wer will," sagte der Junge, „ich fürchte mich nicht; ich bin aber so müde, dass ich nicht weiter kann," streckte sich auf eine Bank und schlief ein.

Bald hernach kamen die Räuber und fragten zornig, was da für ein fremder Knabe läge. „Ach," sagte die Alte, „es ist ein unschuldiges Kind, es hat sich im Walde verirrt, und ich habe ihn aus Barmherzigkeit aufgenommen: er soll einen Brief an die Frau Königin bringen." Die Räuber erbrachen den Brief und lasen ihn, und es stand darin, dass der Knabe sogleich, wie er ankäme, sollte ums Leben gebracht werden. Da empfanden die hartherzigen Räuber Mitleid, und der Anführer zerriss den Brief und schrieb einen andern, und es stand darin, sowie der Knabe ankäme, sollte er sogleich mit der Königstochter vermählt werden. Sie liessen ihn dann ruhig bis zum andern Morgen auf der Bank liegen, und als er aufgewacht war, gaben sie ihm den Brief und zeigten ihm den rechten Weg.

Die Königin aber, als sie den Brief empfangen und gelesen hatte, tat, wie darin stand, hiess ein prächtiges Hochzeitsfest anstellen, und die Königstochter ward mit dem Glückskind vermählt; und da der Jüngling schön und freundlich war, so lebte sie vergnügt und zufrieden mit ihm.

Nach einiger Zeit kam der König wieder in sein Schloss und sah, dass die Weissagung erfüllt und das Glückskind mit seiner Tochter vermählt war. „Wie ist das zugegangen?" sprach er, „ich habe in meinem Brief einen ganz andere Befehl erteilt." Da reichte ihm die Königin den Brief und sagte, er möchte selbst sehen, was darin stände. Der König las den Brief und merkte wohl, dass er mit einem andern war vertauscht worden.

Er fragte den Jüngling, wie es mit dem anvertrauten Briefe zugegangen wäre, warum er einen andern dafür gebracht hätte. „Ich weiss von nichts," antwortete er, „er muss mir in der Nacht vertauscht sein, als ich im Walde geschlafen habe."

Voll Zorn sprach der König: „So leicht soll es dir nicht werden, wer meine Tochter haben will, der muss mir aus der Hölle drei goldene Haare von dem Haupt des Teufels holen; bringst du mir, was ich verlange, so sollst du meine Tochter behalten. „ Damit hoffte der König ihn auf immer los zu werden. Das Glückskind aber antwortete: „Die goldenen Haare will ich wohl holen, ich fürchte mich vor dem Teufel nicht."

Darauf nahm er Abschied und begann seine Wanderschaft. Der Weg führte ihn zu einer grossen Stadt, wo ihn der Wächter an dem Tore ausfragte, was für ein Gewerbe er verstände und was er wüsste. „Ich weiss alles," antwortete das Glückskind. „So kannst du uns einen Gefallen tun," sagte der Wächter, „wenn du uns sagst, warum unser Marktbrunnen, aus dem sonst Wein quoll, trocken geworden ist, und nicht einmal mehr Wasser gibt."

„Das sollt ihr erfahren," antwortete er, „wartet nur, bis ich wiederkommen. Da ging er weiter und kam vor eine andere Stadt, da fragte der Torwächter wiederum, was für ein Gewerb er verstünde und was er wüsste. „Ich weiss alles," antwortete er. „So kannst du uns einen Gefallen tun und uns sagen, warum ein Baum in unserer Stadt, der sonst goldene Äpfel trug, jetzt nicht einmal Blätter hervortreibt."

„Das sollt ihr erfahren," antwortete er, „wartet nur, bis ich wiederkommen. Da ging er weiter, und kam an ein grosses Wasser, über das er hinüber musste. Der Fährmann fragte ihn, was er für ein Gewerbe verstände und was er wüsste. „Ich weiss alles," antwortete er. „So kannst du mir einen Gefallen tun," sprach der Fährmann, „und nur sagen, warum ich immer hin- und herfahren muss und niemals abgelöst werde."

„Das sollst du erfahren," antwortete er, „warte nur, bis ich wiederkomme.

Als er über das Wasser hinüber war, so fand er den Eingang zur Hölle. Es war schwarz und russig darin, und der Teufel war nicht zu Haus, aber seine Ellermutter sass da in einem breiten Sorgenstuhl. „Was willst du?" sprach sie zu ihm, sah aber gar nicht so böse aus. „Ich wollte gerne drei goldene Haare von des Teufels Kopf," antwortete er, „sonst kann ich meine Frau nicht behalten."

„Das ist viel verlangt," sagte sie, „wenn der Teufel heim kommt und findet dich, so geht dir's an den Kragen; aber du dauerst mich, ich will sehen, ob ich dir helfen kann." Sie verwandelte ihn in eine Ameise und sprach: „Kriech in meine Rockfalten, da bist du sicher."

„Ja," antwortete er, „das ist schon gut, aber drei Dinge möchte ich gerne noch wissen, warum ein Brunnen, aus dem sonst Wein quoll, trocken geworden ist, jetzt nicht einmal mehr Wasser gibt: warum ein Baum, der sonst goldene Äpfel trug, nicht einmal mehr Laub treibt: und warum ein Fährmann immer herüber- und hinüberfahren muss und nicht abgelöst wird."

„Das sind schwere Fragen," antwortete sie, „aber halte dich nur still und ruhig, und hab acht, was der Teufel spricht, wann ich ihm die drei goldenen Haare ausziehe."

Als der Abend einbrach, kam der Teufel nach Haus. Kaum war er eingetreten, so merkte er, dass die Luft nicht rein war. „Ich rieche, rieche Menschenfleisch," sagte er, „es ist hier nicht richtig." Dann guckte er in alle Ecken und suchte, konnte aber nichts finden. Die Ellermutter schalt ihn aus: „Eben ist erst gekehrt," sprach sie, „und alles in Ordnung gebracht, nun wirfst du mir's wieder untereinander; immer hast , du Menschenfleisch in der Nase! Setze dich nieder und iss dein Abendbrot." Als er gegessen und getrunken hatte, war er milde, legte der Ellermutter seinen Kopf in den Schoss und sagte, sie sollte ihn ein wenig lausen. Es dauerte nicht lange, so schlummerte er ein, blies und schnarchte. Da fasste die Alte ein goldenes Haar, riss es aus und legte es neben sich. „Autsch!" schrie der Teufel, „was hast du vor?"

„Ich habe einen schweren Traum gehabt," antwortete die Ellermutter, „da hab ich dir in die Haare gefasst."

„Was hat dir denn geträumt?" fragte der Teufel. „Mir hat geträumt, ein Marktbrunnen, aus dem sonst Wein quoll, sei versiegt, und es habe nicht einmal Wasser daraus quellen wollen, was ist wohl schuld daran?"

„He, wenn sie's wüssten!" antwortete der Teufel, „es sitzt eine Kröte unter einem Stein im Brunnen, wenn sie die töten, so wird der Wein schon wieder fliessen."

Die Ellermutter lauste ihn wieder, bis er einschlief und schnarchte, dass die Fenster zitterten. Da riss sie ihm das zweite Haar aus. „Hu! was machst du?" schrie der Teufel zornig. „Nimm's nicht übel," antwortete sie, „ich habe es im Traum getan."

„Was hat dir wieder geträumt?" fragte er. „Mir hat geträumt, in einem Königreiche ständ ein Obstbaum, der hätte sonst goldene Äpfel getragen und wollte jetzt nicht einmal Laub treiben. Was war wohl die Ursache davon?"

„He, wenn sie's wüssten!" antwortete der Teufel, „an der Wurzel nagt eine Maus, wenn sie die töten, so wird er schon wieder goldene Äpfel tragen, nagt sie aber noch länger, so verdorrt der Baum gänzlich. Aber lass mich mit deinen Träumen in Ruhe, wenn du mich noch einmal im Schlafe störst, so kriegst du eine Ohrfeige." Die Ellermutter sprach ihn zu gut und lauste ihn wieder, bis er eingeschlafen war und schnarchte. Da fasste sie das dritte goldene Haar und riss es ihm aus. Der Teufel fuhr in die Höhe, schrie und wollte übel mit ihr wirtschaften, aber sie besänftigte ihn nochmals und sprach: „Wer kann für böse Träume!"

„Was hat dir denn geträumt?" fragte er, und war doch neugierig. „Mir hat von einem Fährmann geträumt, der sich beklagte, dass er immer hin- und herfahren musste, und nicht abgelöst würde. Was ist wohl schuld?"

„He, der Dummbart! „ antwortete der Teufel, „wenn einer kommt und will überfahren, so muss er ihm die Stange in die Hand geben, dann muss der andere überfahren, und er ist frei." Da die Ellermutter ihm die drei goldenen Haare ausgerissen hatte und die drei Fragen beantwortet waren, so liess sie den alten Drachen in Ruhe, und er schlief, bis der Tag anbrach. Als der Teufel wieder fortgezogen war, holte die Alte die Ameise aus der Rockfalte, und gab dem Glückskind die menschliche Gestalt zurück.

„Da hast du die drei goldenen Haare," sprach sie, „was der Teufel zu deinen drei Fragen gesagt hat, wirst du wohl gehört haben."

„Ja," antwortete er, „ich habe es gehört und will's wohl behalten."

„So ist dir geholfen," sagte sie „und nun kannst du deiner Wege ziehen." Er bedankte sich bei der Alten für die Hilfe in der Not, verliess die Hölle und war vergnügt, dass ihm alles so wohl geglückt war. Als er zu dem ‚Fährmann kam, sollte er ihm die versprochene Antwort geben. „Fahr mich erst hinüber," sprach das Glückskind, „so will ich dir sagen, wie du erlöst wirst," und als er auf dem jenseitigen Ufer angelangt war, gab er ihm des Teufels Rat „wenn wieder einer kommt und will übergefahren sein, so gib ihm nur die Stange in die Hand."

Er ging weiter und kam zu der Stadt, worin der unfruchtbare Baum stand, und wo der Wächter auch Antwort haben wollte. Da sagte er ihm, wie er vom Teufel gehört hatte, „tötet die Maus, die an seiner Wurzel nagt, so wird er wieder goldene Äpfel tragen." Da dankte ihm der Wächter und gab ihm zur Belohnung zwei mit Gold beladene Esel, die mussten ihm nachfolgen. Zuletzt kam er zu der Stadt, deren Brunnen versiegt war. Da sprach er zu dem Wächter, wie der Teufel gesprochen hatte: „Es sitzt eine Kröte im Brunnen unter einem Stein, die müsst ihr aufsuchen und töten, so wird er wieder reichlich Wein geben." Der Wächter dankte und gab ihm ebenfalls zwei mit Gold beladene Esel.

Endlich langte das Glückskind daheim bei seiner Frau an, die sich herzlich freute, als sie ihn wiedersah und hörte, wie wohl ihm alles gelungen war. Dem König brachte er, was er verlangt hatte, die drei goldenen Haare des Teufels, und als dieser die vier Esel mit dem Golde sah, ward er ganz vergnügt und sprach: „Nun sind alle Bedingungen erfüllt und du kannst meine Tochter behalten. Aber, lieber Schwiegersohn, sage mir doch, woher ist das viele Gold? Das sind ja gewaltige Schätze!"

„Ich bin über einen Fluss gefahren," antwortete er, „und da habe ich es mitgenommen, es liegt dort statt des Sandes am Ufer."

„Kann ich mir auch davon holen?" sprach der König und war ganz begierig." So viel Ihr nur wollt," antwortete er, „es ist ein Fährmann auf dem Fluss, von dem lasst Euch überfahren, so könnt Ihr drüben Eure Säcke füllen."

Der habsüchtige König machte sich in aller Eile auf den Weg, und als er zu dem Fluss kam, so winkte er dem Fährmann, der sollte ihn übersetzen. Der Fährmann kam und hiess ihn einsteigen, und als sie an das jenseitige Ufer kamen, gab er ihm die Ruderstange in die Hand und sprang davon. Der König aber musste von nun an fahren zur Strafe für seine Sünden.

„Fährt er wohl noch?"

„Was denn? Es wird ihm wohl niemand die Stange abgenommen haben."

DER ZWERG UND DIE ZWILLINGE
SCHNEEWEISSCHEN UND ROSENROT
Schätze Neu Erzählt 1

Es war einmal in einer Welt, in der Magie und Technik mit unerwarteten Konsequenzen aufeinander treffen …

Als Martin einer schwangeren Frau hilft, vor den Häschern des Königs zu fliehen, ahnt er nicht, dass die Zwillinge, die sie in sich trägt, sein einsames Leben für immer verändern werden.

Was wäre, wenn wenn die Brüder Grimm den Zwerg in „Schneeweißchen und Rosenrot" missverstanden hätten?

Das Buch enthält das Original und eine Bonusgeschichte.

ISBN 978-3-95681-028-2
auch als eBook erhältlich

Lass dich über Neuerscheinungen informieren und hole dir den ersten Band als kostenloses eBook:

http://de.katharinagerlach.com/leserinnen

Obsidianherz
Die Schwestern mit den Glasherzen
Schätze Neu Erzählt 12

Es war einmal in einer Welt, in der Magie und Technik mit unerwarteten Konsequenzen aufeinander treffen …

Trotz der Einschränkungen, die ein Hexenfluch verursacht, kämpft Zarewna Rivka um ihre Selbständigkeit. Warum kann ihr Vater nicht verstehen, dass Hexenverbrennungen keine Lösung für die Herzprobleme der drei Zarentöchter sind? Wie schlimm es wirklich um sie bestellt ist, erfährt sie erst, als sie dem Glasbläser Nikolaj begegnet, mit dem sie sich auf seltsame Weise verbunden fühlt. Kann sie ihren Vater zur Vernunft bringen, bevor ihr Herz sie in die Hölle katapultiert?

Was wäre, wenn die Brüder Grimm übersehen hätten, dass „Die Schwestern mit den Glasherzen" mehr können, als hübsch auszusehen?

Das Buch enthält das Original und eine Bonusgeschichte.

voraussichtlich verfügbar Winter 2018